裏切りのステーキハウス

木 下 半 太

幻冬舎文庫

裏切りのステーキハウス

「お前はミスター・ピンクだ。
ミスター・イエローじゃないんだから感謝しろ」
——映画『レザボア・ドッグス』より

飢えた犬は肉しか信じない
——チェーホフ

まずは、一人の男の伝説から語ろう。

その男の名前は、立浪琢郎《たつなみたくろう》。昭和三十六年、北海道の港町で誕生した。あくまでも伝説なので、町の名前は割愛させてもらう。新鮮なカニとホタテとイクラは捕れるが、陸には若者がほとんどいない、寂れた町をイメージしてくれればそれでいい。

立浪の母親は、ロシア人の船乗りを相手にする娼婦だった。父親は不明だ。立浪の、雪のように白い肌と青みがかった瞳から判断すれば、ロシア人であることは間違いない。

そのおかげで、立浪は、日本人離れした強靭《きょうじん》な肉体を手に入れた。小学校一年生の時点で、学年のみならず、学校で一番背が高かった。手のつけられない悪ガキで、自分に歯向かう者は絶対に許さず、足腰が立たなくなるまで叩《たた》きのめした。

「琢郎ちゃんは、ホッキョクグマよりも恐ろしかったな」

立浪琢郎の同級生だったA氏（現・漁師）は、同窓会でボヤいたという。

「全身の毛を逆立てて、雄《お》叫《たけ》びを上げながら殴りかかってくるんよ。喧嘩《けんか》を止めに入った教師の耳を食いちぎったこともあったな。ほら、なんだっけ？　あのプロボクサー？　えっと……そうだ、マイク・タイソンだ。タイソンが対戦者の耳を嚙《か》みちぎったことがあったろ？　あのとき、琢郎ちゃんのことを思い出して、思わずテレビを消したもんね。タイソンよりも、オイラは琢郎ちゃんのほうがおっかない。だって、小学生が大人の両耳を食いちぎったんだよ。その耳はどうしたかって？……琢郎ちゃんが食べたんじゃなかったかな。そんなわけないと思うけど、オイラの記憶では、それぐらい琢郎ちゃんはおっかなかったのよ」

大人たちも、立浪を避けて通った。鉄パイプを引きずりながら下校する立浪とは、関わり合いたくないからだ。

運命の荒波は、容赦なく立浪に襲いかかる。

立浪が小学三年生のとき、母親の幸子《さちこ》が殺された。犯人は立浪の家の斜め向かいにあった中華料理店の店主だった。

「わしのほうが先に殺されそうになったから、思わず中華包丁で反撃しただけだ」

逮捕当時の店主は、警察の取調べに対して必死に弁明したという。

「たしかに、幸子さんと浮気していたのは謝る。嫁と子供に合わせる顔がない。この北海道の空の上には、ちゃんと神様がおって、わしに天罰を与えたのだろう。その日、いつもどおり、営業中にチャーハンの鍋を振っていたら、出刃包丁を持った幸子さんが店に入ってきたわけだ。ピンときたね。こりゃ、殺されるなって。幸子さん、裸足《はだし》だったし、鬼婆みたいな形相だったしね。子供連れの客もいたし、こりゃ、戦わなきゃならんなって。無我夢中だったね。幸子さんが油でヌルヌルの床で転ばなかったら、わしか客の誰かが死んでたろうな。床掃除をサボっていたわけじゃない。中華屋の床がどうしてもヌルヌルになるのは仕方ないことなのさ。それが嫌なら他の店に行けばいい」

目撃者の証言もあり、中華料理店の店主は正当防衛を認められた。だが、妻と子供は家を出ていって、客足は遠のき、閉店を余儀なくされ、漁港で帆立貝の殻から身を外す仕事に変わった。

立浪は、母親の葬式で一滴も涙を流さなかった。まるで、他人を見るかのように無表情のまま、母親の死に顔を見つめていたらしい。

母親の死をきっかけに、立浪琢郎の悪童ぶりは加速する。

小学四年生で酒とタバコを覚え、小学五年生で女を覚え、小学六年生で地元のヤクザを半殺しにした。

「まあ、正直言って、ガキだと思ってナメてかかっていたわな」

小学六年生だった立浪にウォッカの瓶で頭をカチ割られたヤクザは、入院先のベッドの上で、悟りきった表情で語ったという。

「よくよく考えたら、あのガキは身長が百七十五センチで体重が八十キロあったんだから、大人と何ら変わらないわな。ウチの組のシマを荒らす奴がいると聞いて、どこのどいつかと思ったら、小学生のガキだって言うじゃねえか。ふつう、誰だって油断するだろう。その話を聞いたとき、俺はてっきり、タチの悪い冗談かと思ったぜ。だってよお、ロシアン・マフィアからトカレフを仕入れて売りさばいているガキだぜ？漫画の世界でもありえないだろうよ。大人のワルの世界に憧れて精一杯背伸びしているんだろ、くらいにしか思わないだろ。ナイフでもチラつかせれば、小便ちびって泣いて謝るだろうと思うだろ。まあ、俺が甘かったってことよ。いきなり、ラッパ飲みしていたウォッカの瓶でガツンだぜ。殴られたことよりも、十二歳のガキが、あんなに強い酒を顔色変えずに飲んでいたことに驚いたわな」

立浪琢郎は大物になる。

そんな噂が、瞬く間に港町から北海道全域、そして、全国のアウトロー業界へと広がっていった。

小学校を卒業する頃（六年生のときは、一年間で三日しか登校しなかったが、教師たちが報復を恐れて卒業証書を渡した）には、暴力団と相撲部屋とプロレス団体のスカウトが、立浪の元を訪れた。

立浪が選んだのは相撲だった。十三歳で故郷を捨て、東京の墨田区にある相撲部屋に引っ越すことになる。

余談ではあるが、立浪が上京した翌日の漁港で、立浪の母親を刺した元中華料理店の店主が水死体となって発見された。

遺体はトカレフで胸を撃ち抜かれ、帆立貝の殻を剝《む》く器具で両目をくりぬかれていた。犯人は未《いま》だに捕まっていないが、地元の住民たちは、「こんな悪魔のような真似《まね》ができるのは一人しかおらん」と、口を揃《そろ》えて呟《つぶや》いたという。誰一人、立浪琢郎の名前は挙げなかったが。

それから二年後、立浪が稽古を積んでいた相撲部屋で事件が起こる。親方が夜中、寝室で暴漢に襲われたのだ。両手両足を特殊なプラスチックのベルトで縛られ、現金や女将《おかみ》の宝石類を奪われた。犯人は逃走し、警察の懸命の捜査も空振りに終わる。

「ここだけの話、あれは強盗じゃねえな」

当時の捜査を担当した刑事が、のちにスナックのカウンターで酔った勢いで同僚に愚痴ったという。

「だって、親方が犯されてたんだぜ。女将じゃなくて親方のほうだ。盗人《ぬすっと》が、わざわざそんな真似をすると思うか。盗《と》られた現金の額もあやふやで怪しかっただろ？　宝石が近所の空き地であっさりと見つかったのも不自然すぎる。俺の推理では、親方に恨みを持っている奴の犯行だ。縛られた女将の前で、見せつけるようにして親方をレイプしたのさ。わかってるよ。体重百二十キロの親方を手込めにするなんて、並の人間にできることじゃない。おそらく、親方に散々〝かわいがられた〟力士の復讐だろう。親方が強盗の一点張りで証言していたのは、犯されている姿を写真か映像に撮られたからかもしれんな。俺は、あの立浪琢郎というガキが犯人じゃないかと睨《にら》んでいる。そうさ。まだ、十五歳のガキだ。でもな、目を見ればわかる。あれは、いずれ怪物になるぞ」

事件から半年後、立浪琢郎は相撲部屋を辞めた。理由は定かではない。親方や女将さんは、一切引き止めなかった。

この頃の立浪は身長百八十六センチ。体重は九十五キロ。体格を生かして、六本木のディスコの黒服兼用心棒になり、金を貯《た》めだした。そこで知り合ったのは、裏社会で根を張る、ひと癖もふた癖もある連中だった。

ここは、港町よりも相撲部屋よりも居心地が良かった。周りの人間たちが、立浪の凶暴性を必要としてくれたからだ。

立浪は三年間、六本木のディスコやクラブを転々としたあと、仲間と新しい商売をはじめることになる。

貯め込んだ金で西麻布の高級マンションの一室を借り、会員制の雀荘を開いた。仲間の二人は三十代と四十代だが、実質のリーダーは立浪だった。腕っぷしが強く、頭がキレ、何よりもクソ度胸がある。

シマを牛耳っている暴力団には、みかじめ料を払い、適度な距離を保ちつつ良好な関係を築き上げた。

暴力団たちは、ドラフト一位の即戦力として立浪を組織に招こうとしたが、本人は頑《かたく》なに断った。高級車、高級マンション、将来の幹部候補などの好条件を並べられても、まったくなびかないせいで、立浪はさらにカリスマ性を高めていった。

立浪たちは、徐々に商売の手を広げた。会員制の雀荘やクラブや風俗店を次々と作っていく。

商売敵《がたき》たちを潰す必要はなかった。みんな、立浪を恐れて勝手に去っていくからだ。中には、立浪の生きざまに惚《ほ》れ、無償で自分の店舗を明け渡す奴も出てきたほどだ。たまに、立浪を倒そうとする連中が現れたが、必ず返り討ちに遭った。ただし、立浪が直接手を下すことはない。連中の家や店が、原因不明の火事や爆発を起こすのである。立浪は、ビルを丸々吹き飛ばすほどの火薬をどこかに隠し持っているという噂まであった。

バブル景気に入り、立浪の商売は軌道に乗った。唸《うな》るほどの金が転がり込み、界隈《かいわい》のアウトローたちの間では、立浪の名は早くも伝説となりつつあった。

立浪は浮かれることなく、次の手に打って出る。

仲間たちから離れて独立し、飲食店専門の経営コンサルティング会社を立ち上げたのだ。

立浪には先見の明があった。まず、西麻布に乱立していた自分の店の権利を、独立する際に、仲間二人に手頃な値段で売った。その中には、全国的に有名な巨大ディスコも含まれていた。

「琢郎が、とうとうイカれたのかと思ったよ」

立浪のビジネスパートナーだったB氏（現・タクシー運転手）は、懐かしさに目を細めながら、あの時代を回想したという。

「商売の絶頂期にありながら、突然、個人で小さな会社を作るって言い出したんだからな。信じられるか？　望むものは何でも手に入ったんだぞ。金や女は当たり前。王様のような暮らしをしていたのに、だ。まさか、その数年後にバブルが弾《はじ》けて、俺たちが破産するなんて夢にも思っていなかったからな。琢郎は手堅かった。引き際をわかっていたんだな。不景気に入ってから手がけたのが、ラーメン屋だ。今のラーメンブームを作ったのは琢郎と言ってもいい。あんなにド派手なディスコをやりながら、ラーメンのことを考えていたわけだ。アイツの真の恐ろしさは凶暴性ではなく、揺るがない冷静さだよ。絶対に敵に回してはいけない男だ。もし、琢郎と仕事をするときは、やってはいけないことが二つある。それは——」

1

「嘘をつくな。そして、裏切るな」

私の目の前に座っている立浪琢郎が、低く通る声で、ゆっくりりと言った。

剃刀《かみそり》のような視線で私を見ている。薄くなった髪を丁寧にうしろに撫《な》でつけ、五十代とは思えない肌艶は、亡霊みたいに白く輝いていた。年齢を感じさせないのは、顔つきのせいだけではない。首の筋肉、肩幅の広さ、胸板の厚み。ジムで鍛えたその肉体は、元力士というより、プロレスラーのそれだった。

現在の時刻は午前零時。西麻布の飲食ビルの五階にある、会員制のステーキハウス『テキサス』。閉店後で他の客はいない。BGMにエリック・クラプトンが流れている。今、かかっている曲は『アイ・ショット・ザ・シェリフ』だ。

ここは、私の店である。ずっと夢だった、私の城だ。四年前、立浪の融資を受けて、オープンさせた。いわゆる高級なステーキハウスだが、バブル時代の店のような〃イキがった高級感〃の押し売りはしない。店名の『テキサス』からわかるように、内装もサービスも、時代に合わせた庶民性を取り入れている。

木のぬくもりを感じさせるカウンターと椅子。照明は暗すぎず明るすぎず、打ちっぱなしのコンクリートの壁は冷たさを感じるので、私好みの七〇年代から八〇年代のロックアーティストのレコードジャケットを飾っている。

店の説明をしている場合ではない。今、私は人生最大のピンチに直面しているところなのだ。

「俺を裏切ったな」

立浪が、さらに低い声で言った。みぞおちまでビリビリと響く迫力がある。

私は両手を胸の前に上げて答えた。

「う……裏切るわけがないですよ」

恐怖のあまり、声が擦《かす》れてしまう。

なぜなら、生まれて初めて本物の銃を突きつけられているからだ。立浪の右手に握られている銃は、カウンター越しに私の眉間《みけん》を狙っていた。

なぜ、本物の銃だとわかるのか。精巧なモデルガンを使ったイタズラではないと、判断できるのか。

私はある事情で、この銃を触ったことがあるからだ。場所は立浪の自宅の寝室だ。本人はいなかった。私に銃を触らせたのは、鏡子《きようこ》という女だ。

スピーカーから流れてくるエリック・クラプトンが「保安官を撃った」と歌っている。銃を突きつけられながら聴くには、やや刺激の強い曲である。

私は必死で頭を回転させた。

なぜ、つい最近まで私を可愛がってくれていた立浪が、怒りの形相で銃を構えているのだろう。先週の日曜日は、『テキサス』の常連たちと一緒に、多摩川でバーベキューをしたではないか。その日の立浪は、シャンパンの瓶を片手に終始ご機嫌だった。私と肩を組んで写真を撮ったときなどは、ふざけて頬にキスまでしてきたのに……。

立浪の伝説は耳にタコができるほど、常連客たちから聞かされていた。でも、この五年間、立浪がキレたところを見たことがない。外見は鬼と熊が合体したようないかつさではあるが、いつも穏やかな笑顔で軽口を叩き、お茶目な一面さえ持ち合わせている。

……これはドッキリなのか？

いや、イタズラにしては、ハード過ぎる。誰も笑えないだろう。それに、立浪は酔っているわけでもなく、完全なシラフだ。

「私が何かしましたか」

まったく身に覚えはないが、確認したほうがいい。知らないところで他人を怒らせるというのは、たまにあることだ。とりあえず、誠意を込めて謝罪して、物騒なものを下ろしてもらおう。

「とぼけるのか」

立浪が鼻で笑った。

「教えてください。どうして、立浪さんが怒ってらっしゃるかわからないのです」

「鏡子と寝ただろう」

立浪鏡子――。立浪が溺愛している妻である。

鏡子は、私よりも年下ではあるが、私を可愛がってくれ、色んなお客さんを連れて店に来ていた。ちなみに、彼女はステーキよりもアワビの鉄板焼きを好む。

店内BGMが、エリック・クラプトンから変わった。

悲しげなピアノのイントロと口笛が流れたあと、アップテンポのギターリフが入る。ビリー・ジョエルの『ストレンジャー』だ。

スピーカーから流れてくるビリー・ジョエルが、『僕らはみんな秘密の顔を持っている』と歌いだす。

この状況では聴きたくない曲である。

「夜は長い。真実をすべて話してもらうからな」

立浪が微笑《ほほえ》んだ。だが、目は笑っていない。怒りの炎が燃え盛っている。

私と立浪の間には鉄板がある。黒毛和牛のシャトーブリアン・フィレステーキが肉汁をジュウジュウいわせて焼かれていた。

2

かくいう私の名前は久慈《くじ》良彦《よしひこ》、四十一歳。伝説の男にはほど遠い、どこにでもいるような小市民だ。

たしかに、西麻布のレストランでセレブ相手に目玉の飛び出るような値段のステーキを焼いてはいるが、普段の私の食生活は、一般市民の平均を下回るだろう。店の仕込みや常連客との付き合いが何かと忙しくて、どうしてもラーメンや牛丼で済ましてしまうのだ。とくに店が終わってからの食事は面倒臭く、この三日は、まとめ買いをしたレトルトのカレーを連続で食べている。

食生活のことはどうでもいい。

私の生まれは愛知県春日井市。両親は勤め先の自動車工場で出会い、恋に落ち、結婚した。そして、私が幼稚園に上がる前に、あっけなく離婚した。原因は父親の浮気だ。同じ自動車工場の事務の新人社員に手を出したのだ。

私は母に引き取られたので、父親の記憶はほとんどない。

憶えているのは「良彦、母ちゃんを頼むぞ。あと、大人になって結婚したら絶対に浮気するな」と、別れ際に頭を撫でられたことぐらいだ。

幼心に、「自分のことは棚に上げてカッコ悪い人だな」と感じた。

失意に暮れた母親は、私と三歳の弟を連れて、実家のある宮崎県の高千穂町に引っ越した。

突然、父親がいなくなった寂しさもあったが、それも最初の一カ月ぐらいのものだった。

子供の順応能力は高い。自然に恵まれた環境で、私はすくすくと育った。川に飛び込んだり、トンボを追いかけたりしているうちに、父親のいない生活が当たり前になった。

小学五年生の時に祖父が心筋梗塞《しんきんこうそく》で他界し、中学校に上がる前に祖母が脳溢血《のういっけつ》で他界した。

祖母には可愛がられていたので、悲しかった。

「良彦、なんばしょっとか。長男のわらがしっかりせんといかん。あと、大人になって結婚して浮気しょったら化けて出たるからな」が祖母の口癖だった。幼心に、「ばあちゃんまでプレッシャーをかけないでくれよ」と感じた。

母親は実家を売り払い、親戚のいる大阪に行くことを決意する。田舎では仕事がなく、町の連中とも気が合わなかったからだ。ガキだった私は気がつかなかったが、再婚をしない母親は色々と陰口を叩かれて肩身が狭かったようだ。

私たち家族は、大阪の茨木市に住むことになった。母親は親戚の近くで安心したかもしれないが、私は学校に馴染《なじ》めなかった。大阪弁が喋《しゃべ》れず、宮崎弁を馬鹿にされて、次第に口数の少ない少年となっていく。

家計を助けるために、新聞配達をしながら定時制の高校に進学した。ここでも馴染めなかった。クラスメイトはヤンキーばかりで友達ができず、私は卒業後に家を出て一人暮らしするために必死で金を貯めた。春休みと夏休みは新聞配達の他に、寿司屋の出前や居酒屋の皿洗いに明け暮れた。

青春時代の思い出はほとんどない。彼女もできなかったし、もちろん、ずっと童貞だった。

もし、父親が浮気をしなければ、今よりも幸せに暮らしていただろうか。

私は、その頃から、そんなことを思うようになった。自分がとんでもなく不幸なわけではないが、周りの若者よりは損をしているような気がしていた。

自分が結婚をして家庭を持ったら家族を悲しませないようにしようと、新聞を配りながら心に誓った。

定時制の高校を卒業し、憧れていた東京で一人暮らしをはじめた。

憧れていたものの、大都会の巨大さとスピードに圧倒されて萎縮してしまい、上京したことを初日に後悔した。杉並区の風呂なしトイレ共同のボロアパートに住みながら、たまたまアルバイト情報誌で見つけた新宿の割烹《かっぽう》で皿洗いの職についた。

これが運命の別れ道だった。

割烹の親方に可愛がられてから、人生が徐々に好転していく。皿洗いは最初の数カ月だけで、親方は、すぐに仕込みの手伝いや買い出しなどをさせてくれた。親方も母子家庭で育ち、私の境遇に若き日の自分を重ねていたのかもしれない。

仕事だけではなく、酒の飲み方や博打《ばくち》など、ひととおりの遊びも教わった。二十歳《はたち》の祝いに、吉原のソープに連れて行ってもらい、めでたく童貞を卒業できた。すぐに仕込みを任せてもらえるようになり、二年で調理師免許を取得した。

仕事はハードだったが、毎日がキラキラと輝いていたように思う。引っ込み思案だったところもなくなり、ようやく自分の人生を歩みだした実感を覚えた。

「良彦、よく覚えておけ。男の価値はな、仕事で決まるんだ。結婚しても、バレなきゃ浮気をしたっていい。けどな、仕事だけはおろそかにするなよ」と、親方に飲みに連れていってもらうたびに、言い聞かされた。

浮気をしてもいい。父親と祖母に言われたこととは逆の言葉が、飲み慣れないブランデーでグルグル回る脳味噌に刷り込まれた。

二十二歳の頃、割烹でアルバイトの仲居をしていた優子《ゆうこ》と恋に落ち、同棲をはじめた。杉並のボロアパートから、当時、優子が住んでいた高田馬場のマンションに転がり込んだ。

一年後、子供ができたので優子と入籍した。いわゆるできちゃった婚というやつだ。丸々とした娘が産まれ、葵《あおい》と名付けた。

「この子さえいれば何も怖くないわ。あなたが浮気をしても、大丈夫」と、優子は笑いながら言った。

結婚してからは、風俗の類には行っていない。せっかくできた宝物を壊すような真似は、したくなかった。

三十歳まで割烹で働き、板場を任されるまでになった。

これからというときに、親方から「店をたたむ」と告げられた。不景気の波に押されて、経営が悪化したのだ。

私は、あえて和食の道には進まず、違うジャンルの世界に飛び込んだ。将来、自分の店を持つのが夢だった。

割烹の常連客だった人の紹介で、西麻布のワインバーで働くことになった。割烹時代は、親方が気に入った日本酒と焼酎しか出していなかったので、もっと酒の勉強をしたいと思っていた。

これからはワインの時代がくる。そう先を読んで、ワインについてはもちろんのこと、ワインに合うイタリアンのアンティパストやスペインのタパスを独学で勉強した。和食の経験を生かし、昆布で〆た平目をカルパッチョにしたり、クリームチーズにたくあんを混ぜた一品や、他にも実験的な創作料理を作り、ワインバーで出していた。

それらの料理が評判になって、私の料理目当ての客が増えてきた。

ある日、一人の男がワインバーに現れた。いつもは渋くキメているマスターが、山の中で熊に遭遇した登山客のような顔で、その男に挨拶をした。

「いらっしゃいませ、立浪様」

3

「あの日の夜、俺はお前にチャンスを与えたな」

立浪琢郎が、銃口の先を私の眉間から心臓に変える。

「は、はい」

私は恐怖を抑え込み、腹の底から声を絞り出した。

「まさか自分が西麻布でこんな立派な店を任されるとは思ってもみなかったです」

……本当に、私を殺す気か？

もちろん、この店の常連客や、立浪の妻の鏡子から聞かされた数々の『立浪琢郎伝説』をすべて信じているわけではない。酔っぱらいたちは何でも大げさに話して、その場の注目を浴びたいものなのだ。

だが、目の前の人物が、怒らすと非常に危険な男だということは重々承知している。怒り狂った姿を見たことはないが、西麻布だけで十軒近い飲食店をプロデュースしている男が、裏社会と無縁なわけがない。一般市民では手に入らないものも、彼が指を鳴らせば誰かが届けてくれる。

この銃は本物だ。殺されたくなければ早く無実を証明するしかない。

銃そのものよりも、〝躊躇《ちゅうちょ》なく引き金を絞れる〟であろう立浪の度胸が怖かった。

「俺はお前に一億近い金を使った」

「……わかっています」

五年前の夜、私の料理を食べた立浪は、ワインバーのカウンターに一千万円の札束を積み、「今すぐここを辞めて、俺のところに来い。これは支度金だと思ってくれ。新しい店を任せる人間を探している」と言った。

金で動く気はなかった。でも、こんなチャンスは二度と訪れないだろう。優子に相談し、三日間とことん話し合った結果、私はワインバーを辞めた——。

「金が惜しいわけではない」立浪が、また銃口を私の眉間へと戻した。「俺の心を踏みにじったのが許せん」

「信じてください。私と鏡子さんの間には何もありません」

「言い訳は聞きたくない。証拠が出た。いくら誤魔化そうとしても無駄だ」

証拠だと？ そんなものがあるわけない。

「ど、どんな証拠なんですか？」

「だから、醜い言い訳を聞きたくないと言っただろ。俺が確信さえ持てれば、それでいい」

立浪が氷のような目で言い放つ。

「完全な誤解です。お願いですから、そんな物騒なものは置いて、今すぐ鏡子さんに電話で確認してくださいよ」

鏡子と肉体関係がないのは事実だ。正直に言えば、危うかったが。

鏡子は酒癖が悪く、男癖も悪い。そして、何より三十五歳の完熟した大人の女の色香と、研ぎ澄まされた美貌を兼ね備えていた。実際、何度か、この『テキサス』で酔いつぶれたときに、私を誘惑してきたことがある。夫が立浪でなければ、私も我慢できたか自信はない。

鏡子と二人でいると、蜘蛛の巣に捕らえられた蝶の気持ちがわかる。

「電話をかけても意味がないぞ」

立浪が口の端を歪《ゆが》めた。間接照明の下で、笑っているようにも哀《かな》しんでいるようにも見える。

「どうしてですか？」

かけてもらわないと困る。今、この状況を打破できるのは鏡子の言葉だけだ。

「鏡子は電話に出ない」

「か、かけてみないとわからないですよ」

たしかに、この時間なら鏡子は六本木界隈を飲み歩いている率が高い。携帯電話の電波が届かない地下の店にいたらアウトだ。

「かけなくてもわかる」

立浪が銃を左手に持ち替えて、右手をスーツの内ポケットに入れた。

立浪は真夏であろうが真冬であろうが、同じ灰色のスーツを着ている。わざわざ、イタリアの職人を自宅まで招き、採寸させていると鏡子が言っていた。

立浪が、内ポケットに入っていた物をカウンターの上に置いた。

「……それは」

私は言葉を詰まらせた。

「見覚えがあるだろ。鏡子の電話だ」

薄いピンク色のカバーを付けたスマートフォン。鏡子が肌身離さず持っていた。

「鏡子さんは、今、どこにいるんですか」

「家だ」

「家で何を……」

「死んでいる。撃ち殺した」

立浪の言葉が重い塊となって私の胸に直撃し、内臓全体を激しく揺らした。吐きそうだ。立浪とは五年の付き合いになるが、ここまで無表情な顔を見るのは初めてだ。

数々の『立浪琢郎伝説』が頭を過《よぎ》る。

この顔が、本当の立浪の顔だ。

「ジョークではないですよね」

念のため、訊《き》いてみる。

「この銃で鏡子の頭を撃って、その足でやってきた。まだ火薬のニオイがするだろ」

立浪が、銃を左手から右手に持ち替えた。

立浪が『テキサス』にやってきたのは十五分前、私は閉店後、ある準備をしていたところだった。いつのまにか、店の入口に立浪が立っていたので、思わず声を上げて驚いてしまった。立浪がこんな深夜に、店に現れるのは初めてだ。私が「どうしたんですか？」と訊いたら、真顔で「ステーキを焼いてくれ」と言ってカウンターに座った。

牛脂でニンニクを炒め、業務用冷蔵庫から和牛のシャトーブリアンを取り出して鉄板の上に置いた瞬間、銃を突きつけられたのだ――。

4

「肉が焦げてるぞ」

立浪が、顎《あご》で鉄板を指す。

私は、慌てて二股フォークを使って和牛のシャトーブリアンを引っくり返した。遅すぎた。肉の表面に肉汁が浮かんできたときが、ベストのタイミングである。せっかくの百五十グラム九千円の肉が台無しだ。いや、ステーキの心配をしている場合じゃないだろ。早くこの状況を何とかしないと、取り返しのつかない事態になる。

『今、自転車でパパのお店に向かってるで。あと三十分ぐらいで着くと思うわ』

閉店直後、私の携帯電話に留守電が入っていた。娘の葵だ。あと十五分もしないうちに、ここにやってくる。

葵を守れ。

もし、愛する娘の身に何かあれば、私は生きる意味を失ってしまう。

葵は、今、優子と二人で大阪に住んでいる。三年前に、私と優子が離婚したからだ。このステーキハウスをオープンさせたとき、優子は「あなたの夢がやっと叶《かな》ったのね」と喜んでくれたが、三年前に「もう耐えられないの。すべてが苦痛なのよ。変わっていくあなたの心だけじゃない。身体に染みついた肉汁の匂いもね」と言って家を出ていった。

私の胸に、ポッカリと穴が開いた。

手の平にたくさん乗っかっていたはずの幸せが、突然、砂となって指の隙間からサラサラと落ちていった。もう、元の形に戻ることはない。

たしかに帰宅は毎日遅かった。『テキサス』の客は、大半が立浪の紹介で、彼らの誘いを無下に断ることはできなかったからだ。

西麻布の会員制の店でステーキを食べるような人種の遊びが地味なわけがない。気がつけば私も、彼らと同じような言葉を使い、同じような表情をするようになっていった。

オープンしてすぐに、金払いのいい客が何人もつくなんて、飲食店を経営する身からすれば夢のような話だ。音楽プロデューサー、プロゴルファー、映像制作会社の社長など、様々な業種の人間が日替わりで『テキサス』のドアを開けた。

彼らは立浪から「久慈を可愛がってやってくれ」と頼まれていたのだろう。店が終わったあとも、執拗《しつよう》にキャバクラやらダーツバー、高級クラブと私を引っ張り回した。酒は嫌いなほうではなかったので、私もそれなりに楽しんだ。色々な店で顔を売れば、それが人脈となり、『テキサス』の新規の客になってくれる。

営業努力だ。何が悪い。朝帰りの自分にそう言い聞かせて、自宅のドアを開けた。

中目黒にある新築のマンション。借金して買った。優子と同棲をはじめた頃の高田馬場の部屋とは比べ物にならないほど綺麗で広い。

ある日の朝、優子と葵の荷物が部屋から消えていた。

それから三年間、二人と会うことはなかったが、二週間前に葵から電話があった。

『夏休み、東京に遊びに行きたいんやけど、パパの家に泊まらせてくれへん？』

娘が大阪弁に変わっていることに驚き、会っていない時間の長さを痛感した。涙が零《こぼ》れた。

葵は夏生まれだ。自分の誕生日に合わせて私に会いに来てくれる。その誕生日が今日なのだ。「どこか、美味《おい》しいレストランにでも連れていってやろうか」と訊いたら、葵は「久しぶりに、パパの焼いたステーキが食べたい」と言ってくれたので、私は、いつもより早めにアルバイトの女の子を帰して店を閉め、ささやかな誕生日パーティーの準備をしていた。冷蔵庫にあるケーキとプレゼントをカウンターに並べようとしたときに、立浪が現れたのである。

「肉を口にするのは久しぶりだ」

立浪が和牛のシャトーブリアンから流れ出る肉汁を見つめて言った。

店内にニンニクと肉が焼けた香りが充満する。問答無用に食欲を刺激する匂いも、今の私には何も感じさせない。

葵のために焼くはずのステーキだったのに……。

言いようのない怒りが込み上げる。顔に出すな。相手は銃を持ち、自分の妻と私が不倫の仲だと勘違いしている。

「そうなんですか？　昔はお好きでしたよね。よく焼肉やしゃぶしゃぶに連れていってくれたじゃないですか」

とりあえずは話を合わせろ。葵が来る前に、何とか立浪を説得して帰ってもらえ。神に誓って、私は鏡子と浮気なんてしていない。愛する一人娘の誕生日に殺されてたまるものか。ふと、冷蔵庫の誕生日ケーキが頭に浮かんだ。あれを見られたらマズい。鏡子が、「葵ちゃんのケーキは私に任せて。イチゴのショートが抜群に美味しい店があるの」となじみの店で買ってきてくれたのだ。ケーキを見て、鏡子が買ったものだと立浪が感づくやもしれない。余計な疑惑は命取りだ。

「今年に入ってから肉を断っている。柄にもなく健康に気をつかっていてな。五十になれば色んなところにガタがきてもおかしくないだろ」

熊みたいな図体して何を言っている。立浪なら丼一杯の毒を食べさせても平気な顔をしているだろう。『立浪豚郎伝説』の中に、小学生の頃、牧場に忍び込んで羊を丸焼きにして食べたという眉唾な話もあった。

だが、そういえば、この間のバーベキューも、立浪は焼き野菜しか口にしていなかった。

「最近は何を食べているのですか」

「豆腐と野菜だ。たまに青魚だな。酒も去年の半分以下に減った。ちなみに、今日のランチは麻婆《マーボー》豆腐だったが、挽《ひ》き肉じゃなしにおからで作ってもらったよ」

酒は嘘だろう。バーベキューのときはシャンパンをラッパ飲みしていたではないか。

「きっかけは何ですか？　どこか、体を悪くしたとか……」

「いや、どこも悪くない。このとおり、血気盛んでピンピンしているよ」立浪が銃をかざして笑みを浮かべる。「どうした？　話を合わそうとしているのか。俺を説得しようとしても無駄だぞ」

見透かされている。立浪の特殊能力だ。神通力のような直感があったからこそ、今までのビジネスを次々と成功させてきたのだろう。私が未経験なのに鉄板焼き屋を開くことにしたのも、立浪のアドバイスによるものだった。やってみてわかったのだが、どうやら私は鉄板焼き屋に向いていた。

肉の微妙な焼き加減に気を配りつつ、接客をしなければいけない。会員制だから、客との親密な距離が求められる。思っていたよりも遥《はる》かに難易度の高い仕事だったが、私はそれを楽しめたし、手ごたえも感じていた。

さすがに、オープン当初は戸惑ったものの、すぐに対応できていく自分に驚いた。私の調理のリズムが鉄板焼き屋に合っていたのかもしれない。それに、無口で控えめな接客が、客に好感を与えるのかもしれなかった。

私の才能を一目で見抜いた立浪の眼力に感服した。「この人には、どう足掻《あが》いても勝てない」と思い知らされた。

そんな相手が、銃を持って私の命を奪おうとしているのだ。

小細工は通用しない。直球で勝負しろ——。

私は大きく息を吸い込み、訊いた。

「本当に、鏡子さんを殺したのですか」

「イエス」

立浪が、私から目を逸《そ》らさずに深く頷《うなず》く。

私は咄嗟《とっさ》に、立浪のスーツに目を走らせた。返り血はついていない……。

立浪は、さきほど「この銃で鏡子の頭を撃った」と言った。なのに、血が一滴もかかっていないのはどういうわけだ。

着替えたから？　いや、ハッタリか？

立浪は、不倫相手を見つけ出したくて暴走している可能性もある。私をためしているだけなのか？　もしかしたら、私以外にも浮気候補の元を順番に訪れて、銃で脅しをかけているのかもしれない。

身の潔白を証明するのに、弱気は禁物だ。

「鏡子さんは、浮気を認めたんですか。鏡子さんが私の名前を出したから殺したんですか」

少しだけ、強い口調で訊いた。

胸を張れ。銃口から目を逸らすな。撃てるものなら撃ってみろという気合で挑め。

そう心に言い聞かせるが、膀胱が縮こまって小便が漏れそうだ。

「お前の名前は出していない」

当たり前だ。私は浮気をしていないのだから。

「では、なぜ、私を疑うのですか？」

強気に見せるため、アメリカの法廷ドラマに出てくるやり手弁護士がやるように大げさに腕を広げた。

「何度も同じことを言わせるな。証拠を見つけたんだよ」

「その証拠が私を指していると？」

「ああ、そうだ。俺もショックを受けて深く傷ついた。お前をぶち殺さなきゃ、この傷は癒えない」

「証拠は……どこで見つけたのですか？」

高速で記憶を巻き戻し、鏡子とのやり取りを思い出す。自分でも気づかぬうちに、浮気を疑われるような物を渡したのか？

ダメだ。銃が気になって回想に集中できない。

「気になるか」

立浪がさらにニタリと笑う。

「気にならないほうがおかしいでしょ。殺されようとしているのですから」

「ヒントをやろう。今日、俺の家で見つけた」

家だと？　一体、何が残っていた？

「前にもお話ししましたよね。去年の冬、鏡子さんがこの店でかなり酔っぱらったから、家までタクシーで送ったと」

これは事実だ。あの夜、鏡子はベロベロで、とてもじゃないが一人では帰れなかった。

「だが、家の中まで入ったとは聞かなかった」

……たしかに、それも事実だ。余計な誤解を招くのを恐れ、立浪には詳細まで報告しなかったのだ。あのとき、ちゃんと説明していればよかった。たとえ、立浪の気分を害そうとも、起きた事実を話すべきだった。

「それは、真冬なのに玄関先で鏡子さんを寝かすわけにはいかなかったからです。当然、寝室まで運びましたよ」

「運んだ？」

立浪の太い眉毛がピクリと反応する。

「肩を貸しただけです。まともに歩けない状態でしたから。たとえ、家の中でも安心できなかったんです。転んで家具の角とかに頭を打ちつければ大怪我をしますよ。そのまま帰るのはあまりにも無責任だと判断しました」

鏡子の酒癖はそれほど酷《ひど》い。一度、『テキサス』の床で寝たまま朝まで起きなかったこともある。

「お前が、鏡子をベッドに寝かせたのか」

立浪の額に青い血管が浮かんだ。何とかギリギリのラインで冷静さを保ってはいるが、いつ爆発してもおかしくない。

「はい。シーツをかけて、私はすぐに帰りました」

いや、すぐには帰らなかった。正しくは、帰れなかったのだ。寝たと思った鏡子が、枕の下から銃を取り出し、私に向けて構えたからだ。

5

「まだ帰らないで」

私は驚き、寝室のドアの前で凍りついた。反射的に両手を上げてしまう。

「その銃は……本物なんですか？」

「そうよ。立浪の護身用。いつも枕の下に隠して寝るの」鏡子が、馬鹿にした笑みを浮かべる。「あの人は、アンタたちが思っているよりもずっと小心者なのよ。伝説が一人歩きしてるだけで、そこら辺にいる一般人と変わりないわよ」

いやいや、銃を持っている時点で一般人ではないだろう。

「とりあえず、その銃を元に戻してください」

鏡子はひどく酔っている。銃口もフラフラと落ち着かず、いつ発砲されてもおかしくない。

「嫌」鏡子が、拗《す》ねたような顔をした。「撃たれたくなかったら、アタシの横に来て」

「無茶言わないでくださいよ。そんなことできるわけないでしょう」

伝説の男、立浪琢郎の妻に手を出すほど、私は馬鹿じゃない。

「添い寝するだけでいいから。お願い」

今夜の鏡子も妖艶だった。どこかの店のレセプションパーティーに参加したらしく、胸元が深くえぐれたワイン色のドレスを着ている。はだけた足元からは、網タイツに包まれているむっちりとした太股《ふともも》が剝き出しになっていた。

亜麻色の髪はグラマラスにウェーブがかかり、猫のような（猫というよりは豹というイメージだが）大きな目の上には、刺さりそうなほど攻撃的な長いまつげが伸びている。唇は分厚く、そこだけが別の生き物のように艶《なま》めかしい。

こんな女にベッドに誘われるのは男冥利に尽きるが、絶対に誘惑に負けてはならない。

美しいものにこそ、毒が潜んでいる。ひとたび口にすれば、いっときの快楽のあとに破滅が待ち受けているのだ。

「絶対に手を出さない」と心の中でひとり誓ってから、言われたとおり、鏡子に添い寝をした。鏡子は嬉《うれ》しそうに笑ったが、五分もしないうちに眠りに落ちた。

私は、鏡子の手から銃を取り、元にあった枕の下へと戻した。

その銃が、今、立浪の手にある。

「嘘をつくな」

「ついていません」

立浪の突き刺さるような視線に思わず目を逸らしそうになる。心臓が爆発しそうなほど鳴っているのがわかる。

「お前にも教えたことがあるな。俺は嘘を匂いで嗅ぎ分ける。どれだけ、ニンニクの焦げた香りが邪魔しようともな」

「信じてください。私が立浪さんを裏切る理由がないですよ」

「理由は関係ないだろ。お前は欲望に負けたんだ。人間は、どう足掻いても欲望に打ち勝つことはできない。目の前に美味《うま》そうな肉があれば、涎《よだれ》が出て食いたくなるだろうが」

立浪の言うとおりだ。人間は欲望に逆らうことができない。私は鏡子の誘惑には打ち勝つことはできた。しかし、他の誘惑には負けてしまった。それによって、大切なものを失おうとしている。

「ほらっ。肉が焼けたぞ。さっさと切り分けろ」

「……わかりました」

私は、焼けた和牛のシャトーブリアンにナイフを入れ、立浪の前に差し出した。いつもならレアで出すが、ひどいウェルダンになっている。

「この肉を食い終えたら、お前を撃ち殺す。そこに突っ立って、俺が食ってる姿をマヌケ面《づら》で見とけ」

立浪は、真ん中の肉片にフォークを突き刺し、ゆっくりと口へ運んだ。グチュグチュと肉の繊維を嚙む音が店内に響く。充分に嚙んだあと、ゴクリと飲み込んだ。

「美味い。今夜の味は格別だな」

そのときだった。店のドアが勢いよく開き、美しい少女が顔を覗《のぞ》かせた。

「お待たせ、パパ」

私の娘の葵だ。

「めっちゃ、迷ったわ。パパの自転車もボロいし。もっと、ええやつ買ったら？」

葵が文句を言いながら入ってきた。

だが、顔は怒っていない。急いで自転車を漕いできたのだろう。運動後のさわやかな汗をかいている。緑色のキャミソールの上に、ピンク色の半袖のシャツを羽織っている。パンツはデニムの七分丈だ。

葵に再会したのは一昨日のことだ。三年ぶりだった。いきなり女らしくなっていたので、かなり驚いた。背が伸び、身体のラインも女らしく丸くなり、メイクまで覚えている。今夜の口紅は、シャツにあわせた薄い桃色だ。

「こんばんは」

カウンターの立浪が、振り返って会釈する。いつのまにか、銃が消えていた。どこだ？　スーツに隠したのか？

立浪からすれば、いきなり人が入ってきたのだから相当焦ったはずだ。しかし、まったく動揺している素振りは見せない。さすが、伝説と呼ばれる男だけある。

葵に銃を見せないのは助かったが、いつ、もう一度出すかわからない。頼むから、娘だけは巻き込まないでくれ。

「あっ、まだお客さんいたんや。コンビニかどっかで待っとくわ」

葵が肩をすくめてUターンしようとする。

「そうしてくれ」

私は追い出すように、ぶっきらぼうに即答した。

……助かった。全身の力が一気に抜ける。

「俺ならかまわないよ。どうぞ、座って」

立浪がスーツの内ポケットに右手を突っ込み、私を見る。

娘を帰すな。

立浪の目は、そう語っていた。

「ええんかな？」

葵が上目づかいで私を見る。

仕方なしに頷いた。目の前で、葵を撃ち抜かれたくない。そこまで非道な真似をやりかねないのが、立浪琢郎という男だ。

「やった。お邪魔します」

葵が無邪気に立浪の隣に座った。

何もそこに座らなくてもいいだろ。

全身に、ふたたび緊張が走る。この世で一番大切なものが、立浪の手の届く範囲にあるのだ。

「もしかして、良彦君の娘さん？　たしか、一人娘が大阪にいると言ってたよな」

立浪が嬉しそうに言った。予期せぬ展開を喜んでいる。

「そうです」

私は引きつった笑顔で言った。

「はじめまして。葵です」

葵がペコリと頭を下げる。

「素敵な名前だね」

「めっちゃ、いい名前でしょ。パパがつけてくれたんですよ。でも、大阪では〝いっちゃん〟と呼ばれてて、ちょっと嫌やねん。せっかくのかっこいい名前がもったいないわ」

「さすがだ。やっぱり、良彦君はいいセンスをしてるな」

立浪がスーツの内ポケットから右手を抜いた。

銃は持っていない。とりあえずは、この状況を楽しむ気らしい。

「ありがとうございます」

私は恐怖を押し殺して礼を言った。

「立浪琢郎です。よろしく」

立浪が葵に握手を求めた。

「こちらこそ。うわっ。めっちゃ、大きい手してはる」

葵が立浪の手を握り返す。

「もしかして、パパにお金貸してくれた立浪さんですか？」

「そうだよ。よくわかったね」

葵、早く手を離せ。私は持っていた二股フォークを握り締めた。もし、立浪が葵に危害を加えたら、鉄板を飛び越えて、これで目を突いてやる。

しかし、意に反して膝がガクガクと震えてきた。私は立浪と違って、暴力の世界とは無縁の男だ。殴りあいの喧嘩も数えるほどしかしたことがない。それも、すべて小学生のときだ。

「ママが『立浪さんには特別な恩がある』っていつも言ってたの覚えてるもん。ねえ、パパ？『パパが立浪さんと出会わなければ、私たちの生活は一八〇度違ってたわ』って外食するたびに言ってたよね」

私は無言で頷いた。

たしかに、優子は立浪を神格化していた。夫として、嫉妬心が芽生えたこともある。私たち夫婦の関係が悪化したのも、それが原因なのかもしれない。

私は西麻布でステーキハウスの店長を任されているのに、どこかうしろめたさを感じていた。店を任されたのは自分の実力があったからこそと思いたいが、実をいうと割烹やワインバーで働いていたときのほうが、自分に自信を持てた。せっかく手に入れた立場が分不相応だという気持ちがどこかにあり、だからこそ、それを失いたくないあまり、自分の核が歪んでいくのは自覚していた。

だが、それも、今夜までだ。鏡子との浮気なんて、とんだ誤解なのだ。それをわからせて、この店を辞めてやる。立浪への借金は残るが、これ以上、媚《こ》びながら働くよりはマシだ。

そのためには、まずは何とかして、葵をこの店から脱出させないと。

どうする？　考えろ。葵を守り抜け。

そんな親の気持ちもつゆ知らず、葵は椅子から立ち上がり、立浪に向かって律儀に頭を下げた。

「パパがお世話になってます。これからもパパのことを守ってください」

「守る？」

立浪が首をかしげた。

何を言っている。こんな男を尊敬の眼差《まなざ》しで見るのはやめなさい。

「パパはママと離婚したせいで、元気がないんです。昔のパパはもっとエネルギッシュで野望に満ち溢《あふ》れてたのに。夜中までキッチンに籠もって新しいメニューの研究をしたり、お酒にあう料理で食卓が埋まったりしとったもん。家族的には、ぶっちゃけキツかったけど、あのときのパパはめっちゃカッコよかった」

「葵、余計なことは言わなくてもいいから」

娘の言葉が胸に突き刺さる。『テキサス』をはじめてから私が自分を見失っているのを、幼い心で感じとっていたのだ。

葵は、東京に住んでいた頃は、どちらかと言うと口数の少ない目立たない子供だった。今は、大阪で育っているせいか、外見だけではなく性格まで大きく変わっている。初対面の人間に対して、こんなにもハキハキと喋れるなんて、親としては嬉しい限りだが。

……嬉しがってる場合じゃないだろ。人生最大のピンチに娘を巻き込んでおいて、何を言っている。これで、葵の身に何かあればどうするつもりだ。

ふと、優子の冷たい視線を思い出した。毎朝、優子は食卓の向こうから、無言で私を責めた。

「ぜひ、聞かせて欲しいな。良彦君の野望を」

立浪が、葵に微笑んだ。

「ウチが知ってるパパの野望は『ハワイに別荘を買う』と『ニューヨークに支店を出す』と『恵まれない人に一億円以上の寄付をする』やね。いつも、ママに熱く語ってました」

立浪が分厚い胸を更に張った。

「すべて、俺が成し遂げたことだよ」

「ホンマに？　凄《すご》い！　ニューヨークにお店があるんですか？」

「俺の会社がプロデュースした店が二軒あるよ。あとロサンゼルスに一軒。パリとロンドンと香港にもある。東南アジアの孤児を支援する団体に一億円の寄付もしたな」

すべて、ラーメン屋だ。立浪は海外でもラーメンブームを起こそうと仕掛けている。

「さすが、伝説の人ですね」

「俺が？」

立浪がわずかに顔色を変える。

葵、口を閉じろ。これ以上、喋るんじゃない。

だが、葵は止まらなかった。久しぶりの東京だし、夜中に出歩いていることも合わさって、興奮しているようだ。

「立浪さんはパパの憧れの人なんですよ。『いつか追い越したい』って言ってたもんね、パパ」

「なるほどね。追い越すか」

立浪が横目で私を見る。

「ウチもお会いできて光栄です」

「こちらこそ。まさか良彦君の娘さんがこんなに美人だとは思わなかったよ」

立浪の言うとおりだ。まだ幼さは残るが、葵は相当な美人になっていた。私と優子のいい部分を見事に引き継いでくれた。

肩まで伸びた真っ直《ま》ぐ《す》な黒髪は優子似。目と鼻は私。口は優子だ。テレビを賑《にぎ》わしている〝大人数アイドル〟のメンバーと比べても何ら遜色のないルックスをしていると思う。親馬鹿ではあるが。

「お世辞を言うても、何も出ませんよ」

葵が照れながら、立浪の岩のような肩を軽く叩いた。

仕草まで、〝女〟になっているではないか。

「葵ちゃん、何か飲むかい？」

立浪が訊いた。

「じゃあ、オレンジジュースで」

「俺もワインを開けてもらおうかな。良彦君も飲むだろう」

「……わかりました」

私はカウンターの横にあるミニサイズのワインセラーから、〝立浪用〟の赤ワインを出した。《ロマネ・コンティ》の七十二年物。卸値で百万円は下らない。

当然、店で値段をつけて出せるわけがなく、立浪がゲストを連れてきたときに勝ち誇った顔で飲ませるために置いているのだ。

「いつもどおり、俺には氷を入れてくれ」

私は言われたとおり、立浪のロックグラスに丸氷を入れ、並々と赤ワインを注《つ》いだ。

世界で最も有名な赤ワインを冒瀆《ぼうとく》する行為だ。本来ならデキャンタで三十分ほど馴染ませてから飲みたい代物だ。ソムリエが見れば卒倒するだろう。

立浪は、世間のルールには従わない。わざと傍若無人な言動をして、世界は自分中心に回っていると、すべての人間に思い知らせる。

「三人で乾杯しよう。楽しい夜になりそうだな」

立浪が、ロックグラスを上げた。

「乾杯！」

葵も自分のグラスを上げる。

鉄板の上で、三つのグラスが合わさった。

これが、人生最後の酒になるかもしれない……。ロマネ・コンティを一口飲んだ。

ちくしょう。恐怖のせいで、まったく味がわからない。

6

「葵ちゃんも、ステーキを食べるかい。今、できたばかりだから温かいよ。和牛のシャトーブリアンだ」

立浪が、自分の前にある肉を勧めた。まるで、自分で焼いたかのように、得意気な顔をしている。

やめてくれよ。娘には、パーフェクトな焼き加減の本物のステーキを食べさせてやりたかったのに。悔しくて、涙が出そうになる。せっかく、自腹で仕入れて熟成させた肉が無駄になってしまった。

「シャトーブリアンって何ですか？　初めて聞いたわ」

「良彦君、答えてあげて」

何を偉そうに……。お前が答えてみろよ。

私は立浪への怒りを抑え、なるべくわかりやすく葵に説明をした。

「フィレ肉の中でも最も高級な部位だよ。柔らかさとキメ細かさが格段に違う。一頭の牛から一キログラムしか取れないんだ。昔、フランスの政治家のシャトーブリアンという人が好んでこの肉を食べたことから、この名前がついたらしい」

葵、肉の説明をしている場合じゃないのだよ。早く、この店から逃げてくれ。

「良彦君、葵ちゃんにフォークを出して」

「はい……」

私は、渋々と葵にフォークを渡そうとした。

「ウチ、せっかくやから焼き立てが食べたいんです。立浪さんが全部食べてください」

葵は微妙な空気を読んだのか、両手を振って遠慮した。空腹なはずなのに一人前に気を遣っているのだろう。

こうして大人になっていくのか……。

私は時の流れの早さを痛感した。

「シャトーブリアンなのにもったいないなあ。若いからステーキの一枚や二枚ぐらいいけるだろ」

「ダイエット中やし、一枚で充分です」

何だ、この光景は……。

私を殺そうとしている男と、私がこの世で一番愛している娘が、一緒になって食事をしている。不条理な映画の世界に迷いこんだみたいだ。

「あっ、そうだ。立浪さんの奥さんって、めちゃくちゃ美人なんでしょ？」

私は、ロマネ・コンティを噴き出しそうになった。

「誰から聞いたんだい？」

立浪が唇についたロマネ・コンティを舐めながら訊いた。

「パパです。鼻の下を伸ばしながら言ってましたよ。ウチ、そのときはまだ中学生やったけど、ママがイライラしているのに気づいとったもん」

「葵、やめなさい」

「へえ、興味あるな。聞かせてよ、葵ちゃん。ママはパパのどんな態度にイラついてたのかい？」

「立浪さんの奥さんを褒めちぎってばっかりやったんです。『色っぽい』とか『そこらへんの芸能人よりも綺麗だ』とか」

葵、パパを殺す気なのか。

妻の前で他の女を褒めたことの天罰が下ったのかもしれない。

「良彦君は、鏡子のことをそんな目で見ていたのか」

立浪がスーツの上から〝膨らみ〟を撫でた。「ここに銃があるぞ」と脅している。

「……すいません。お美しいのは事実ですから」

また、声が擦れてしまう。

「嬉しいよ。褒めてくれてありがとう」

「なんで、褒めてんのに謝んのよ。変なパパ」

「まさか、それが離婚の原因じゃないだろうな」

立浪が笑いながら言った。しかし、目は据わったままだ。

違う。離婚の原因は、私が優子を裏切ったからだ。

『テキサス』には、一人、アルバイトの女の子がいる。私は、その女と寝た。彼氏がいることを知っていながらも。

この事実を立浪が知ったら……。

身近な女にすぐ手を出す男だと思われ、私が鏡子に手を出していないという主張も、信じてもらえなくなる。

「パパが忙しすぎて、ママのことをほったらかしにしてたから愛想つかされてん」

葵が、わざとすねた表情を見せる。

「〝忙しい〟は心を亡くすって書くねんで」

「なるほど。じゃあ、俺にも離婚の責任はあるな。良彦君を引き抜いて鉄板焼き屋をやらせたわけだし」

立浪が、葵に申し訳なさそうに言った。わざとらしい顔はやめろ。一ミリもそんなことを思っていないくせに。

私が暴力と無縁であるように、立浪から反省や謝罪の言葉を聞いたことがない。彼にとって、自分の判断は圧倒的に正しい。予言者や神の如《ごと》く振る舞うことによって、カリスマ性を押し上げてきたのかもしれないが、傍《はた》から見れば、ただ横暴で無責任なだけである。

「立浪さんは関係ないよ。パパが頑張って自分の店を持てたわけやし。別々に暮らしていても、ウチとママは立浪さんに感謝してます」

葵は、私のために立浪を持ち上げている。けなげにも、これから私が働きやすいようにしてくれているのだ。

マズい。目頭が熱くなってきた。

感動してる場合じゃないだろう。この局面を切り抜けなければ、ようやく戻ってきた葵との絆《きずな》が切れてしまう。

「良彦君。葵ちゃんを素晴らしい子に育てたね」

立浪が感心した顔を俺に向けた。

この子を先に殺してやろうか。そう言われている気がして、立ちくらみがする。

「優子の力です。子育ては任せっきりでしたから」

葵が身を乗り出す。

「立浪さん、前から訊きたかってんけど、なんでパパに鉄板焼きをやらせたん？　ワインバーでスカウトしたんでしょ？」

立浪は赤ワインの中の氷を揺らし、間を取った。お得意の考えているふり。答えは出ているのだ。だが、すぐには答えない。会話のペースを自分が握るためだ。

「才能を感じたからだ」

「鉄板焼きの才能？」

もう一度、立浪がグラスの氷を揺らす。

「良彦君から一番感じた才能は〝愛〟だ」

「愛？　パパに？」

葵は笑ってしまい、オレンジジュースを零しそうになる。

「そう。飲食業界で一番必要なものだよ。いくら技術があっても、愛が込められていなければ真の満足は得られない」

「わかる。ウチもカッコだけの男は大嫌いやもん」

男？　葵に彼氏がいるのか？

娘の交際関係を追及している場合ではないのはわかっているが、どうしても気になってしまう。葵の口ぶりだと、すでに〝カッコだけの男〟と付き合って別れたような雰囲気ではないか。

まさかとは思うが……。やめろ。その先は考えるな。

葵は、すでに処女ではないのか。

ああ、考えてしまった。想像するのを止めることができなかった。目の前にいる天使のような娘が、どこぞの馬の骨かわからないガキに抱かれる姿を思い浮かべてしまった。

まるで、自分が鉄板の上で焼かれているような気持ちになる。

立浪は、私の父親としての苦悩をよそに、己の哲学を披露していた。

「俺たちの仕事は、赤の他人の口に入るものを扱う。そこに絶対的な信頼関係がないとお金を貰《もら》ってはいけないんだ。たとえば、この店の一番安いコースでも二万円以上はする。その額に見合った信頼を提供しなければお客様への裏切りになってしまう」

「凄い。一般市民には手が出えへんよね」

葵が、鉄板の和牛のシャトーブリアンを見て言った。

「五年前、良彦君の食材の使い方に愛が見えた」立浪が、まっすぐに私の顔を見た。

「直感でわかったよ。『この男は、絶対に裏切らない』ってね」

全身に、猛烈な寒けが走った。流氷の海に突き落とされたようだ。

一刻も早く、葵を連れてここから逃げ出したい。今のひと言で伝わってきた。

今夜、立浪は本気で私を殺そうとしている。決して脅しなんかではない。

……本当に、鏡子を殺したのか？

ベッドで、頭から血を流している鏡子の姿が浮かんだ。たとえ、死体であっても、
彼女の美しさは損なわれないだろう。

「良かったね、パパ。褒められてるやんか」

葵が、嬉しそうに笑った。まるで、自分が褒められているような顔だ。

「ありがとうございます」

私は、立浪に頭を下げた。

信じてくれ、私はアンタを裏切ってはいない。

私が浮気したのは別の女だ。

小坂《こさか》めぐみ――。

『テキサス』のオープン当初から働いているアルバイトだ。

7

「わたし、女優になりたいんです」

三年半前、めぐみが突然、告白してきた。客はいなかった。休憩がてら、二人きりで世間話をしていたときだ。

「へえ。そうなんだ」

意外だった。一緒に働いてきて、そんな素振りは見せたことがなかった。

「有名な女優になって見返したい人たちがいるんです」

めぐみが、眉間に皺《しわ》を寄せ、下唇を噛みしめる。

「なんだか、穏やかじゃないね」

めぐみは少し酔っていた。さっき帰ったばかりの常連客の一人に、かなりワインを飲まされていた。

「実はわたし、去年までグラビアアイドルをやっていました」

「初耳だよ。テレビとか出てたの」

めぐみのスタイルがいいことはわかっていた。彼女の胸の谷間が目的の客も多い。

『テキサス』にユニフォームはないが、いつも胸元を強調した服を着ている。

「深夜のバラエティのアシスタントです。タレントの後ろで水着を着て手を振るだけの女の子たちがいるでしょ」

「うん。いるね」

「わたしも、あの中の一人でした」

「それでも凄いよ。テレビに出てたことには変わりはないんだからさ。普通の人には手の届かない世界だよ」

とりあえずは褒めておこう。めぐみの様子がどうもおかしい。

「テレビなら、店長も出たじゃないですか」

「あれはグルメ番組だろ。立浪さんは顔が広いからテレビ局のプロデューサーにも知り合いがいるんだよ」

嫌で仕方がなかったが引き受けた。人気のあるお笑い芸人とアイドルが、私の焼いた肉をカメラの前で食べては的外れな感想を並べていた。

男のくせにカン高い声で笑う芸人は、鉄板の上のステーキよりも、アイドルの胸元に目を奪われていた。

肉よりも、肉欲か。

そんな芸人の適当なグルメリポートを見てげんなりした。この店は会員制なんだから、テレビで紹介してもしょうがないだろう。

立浪曰《いわ》く、常連客たちのエゴを満たすためらしい。常連客たちが他の客を連れてくるときに「以前、テレビで紹介された」と言えれば優越感がある。とくに、女を口説くには持ってこいだ。

『テキサス』は圧倒的にカップルの客が多い。それも、すでに付き合っている恋人同士ではなく、まだ肉体関係のない二人だ。男は肉を食べながら、どうやって女を落とそうかとギラギラしている。

現に、ほとんどの常連客の男たちは、毎回、違う女性を連れてきた。

ワインで顔を赤くしているめぐみが、話を続けた。

「ぶっちゃけ、西麻布で働いているのも、芸能関係のお客さんが多いからなんです。人脈を作れたらいいなと思って……」

見た目と違って、思ったよりも野心家だ。それに、酔っているせいか、めぐみから妙な色気が漂ってきた。今までは、女として見たことがない。あくまでも、オーナーと従業員の関係だった。

めぐみは二十六歳になる。小娘でもなく、大人の女でもない。肉にたとえるならば、熟成しきっていない肩ロースといったところか。

「ここで働けてラッキーだったね。権力のある人しか常連客になれないし。いい人脈が築けるんじゃない。でも、グラビアアイドルをやっていたってことは、どこかの芸能事務所に入ってるわけ？」

めぐみの顔が曇る。今まで見せたことのない表情だ。元気だけが取り柄の子だと思っていただけに、そのギャップに少し動揺した。

落ち着け、頭を冷やせ。

当然、私はスケベ心にブレーキをかけた。優子と葵という素敵な家族がありながら、他の女に惹《ひ》かれるなんて許されないだろう。

「事務所はもう辞めました。嫌な仕事しか取ってきてくれないんで。二十代前半までは、ちゃんとした雑誌の撮影とかあったんですけど、二十五歳を超えてから急にセクシー路線に切り換えられたんです」

「まあ、厳しい世界だからね」

「いやらしい仕事ばかりなんです。それでもテレビに出れるなら我慢できますけど、最後のほうは、車のイベントでもないのにレースクイーンの恰好させられたりとか、ビキニで宴会に呼ばれてお酌させられたりとか……」

「酷いな」

正直、同情できなかった。ひと握りだけの人間が成功できる世界だ。めぐみは、一般人としては十分に綺麗だとは思うが、芸能界でトップを獲れるほど美しいとは言えない。普通に戦っても、のし上がることはできないだろう。

どんな業界でもそうだが、結果を出すためには嫌な仕事をこなさなくちゃいけないこともある。

しかし……。今夜のめぐみには、なぜか魅力を感じていた。仕事中はひとつにまとめている髪を、今はほどいて肩まで下ろしていた。ワインのせいで、耳まで赤い。

元々タレ目だが、アルコールのせいで、よりトロンとして見える。

「ありえないでしょ？　酔っぱらいたちに、色んなところを触られたし、完全にセクハラでしたよ」

めぐみが、頰を膨らませた。その仕草も初めて見る。

「訴えてやればいいいんだよ」

私は動揺を悟られないように、必要以上に険しい顔で言った。

「そんなことしたら、絶対に干されて芸能界に復帰できないですよ。事務所を辞めた女の子が訴えを起こしたこともあるけど、結局、はした金で和解させられたし」

「じゃあ、今はフリーなのか」

「小さな劇団に入ってます。彼氏が座長をやっていまして」

めぐみがはにかんだ。

「無名なんですけど、とても才能があるんですよ」

これまた、どちらとも初耳の情報だった。常連客たちには「彼氏はいません」と嘘をついてきたというわけか。

私は安心した。彼氏がいるなら、間違いは起きない。

からさ」

「頑張ってるね。公演があるなら言ってよ。時間さえ合えば花束持って応援しに行くからさ」

「本当ですか？　嬉しい」

突然、めぐみが抱きついてきた。

はっきり言って、意味不明な行動だ。「彼氏がいる」と言った次の瞬間、他の男に柔らかい胸を押しつけるなんて。

「すいません。わたし、酔ってますね」

足元をふらつかせながら、めぐみが身体を離した。

このときに、私の欲望のスイッチが入ったのだと思う。次の日の営業から、めぐみを女として意識してしまい、彼女が常連客と仲良く喋っている姿に、嫉妬を覚えはじめるようになってしまった。

めぐみも、私の心の変化に気づいていた。

一カ月後のめぐみの誕生日に、私は彼女を食事に誘った。

中目黒のマンションで待っていた優子には「立浪さんから麻雀に誘われた。何時に帰れるかわからないし、先に寝ていて」とメールで嘘をついた。

この時点では、浮気をするつもりはなかった。ただ、時間のことを考えずにめぐみと過ごしたかったのだ。

私とめぐみは六本木のモツ鍋屋でたらふく焼酎を飲み、二軒目のバーでシャンパンをたらふく飲んだ。

二人ともピッチが早く、わざと酔おうとしていた。

私は酔うことで、妻と娘の顔が頭に浮かばないようにした。たぶん、めぐみは彼氏のことを忘れようとしていたのだろう。

バーを出てエレベーターに乗ったとき、めぐみが抱きついてきて、また柔らかい胸を押しつけた。

私はついに、欲望に負け、めぐみの唇を奪い、激しく舌を絡めた。

その夜、私は初めて優子を裏切った。

8

「実は今日、ウチの誕生日なんです」

葵が、立浪に告白した。

「おめでとう！　それで、大阪からやってきたのか。今は、ちょうど夏休みだもんな」

立浪が目を輝かせた。

……またひとつ、弱みを握られた。娘の誕生日に、父親の不倫（誤解だが！）を伝えるつもりだ。

もし、今、ここで立浪が私と鏡子のことを追及しはじめたらどうする？　葵は、私の潔白を信じてくれるだろうか。

葵に疑われ、軽蔑されたら、銃で撃たれるよりも辛《つら》い。

「十七歳の誕生日は、パパに祝って欲しかってん」

葵が、甘えた表情を見せる。こんな状況でなければ、父親としての幸せを嚙みしめることができたのに。

「俺も幸せだよ。そんな大切な日に立ち会うことができて」

立浪が、嫌味ったらしく、私に向けてロックグラスを挙げた。

馬鹿野郎。お前が幸せを感じるんじゃないよ。

キレそうだ。立浪は、私をいたぶっている。葵の登場により、奴に主導権を与えてしまった。

銃で脅されるのも恐ろしいが、それ以上に、娘の信頼は絶対に失いたくない。

「立浪さんも一緒に祝ってもらえますか」

葵が、立浪の太い腕を触った。ごく自然なボディタッチだが、胸の奥が二股フォークでかき回されるように苦しい。

葵は、どんどん、優子に似ていく。私が二十二歳の頃、優子に惚れたきっかけは、フランクなボディタッチのせいだった。素人の女性経験が皆無だった私は、たったそれだけで恋に落ちたのである。

「もちろんだ。良彦君、親子水入らずのところを邪魔して悪いな。もしかして、ケーキやプレゼントも用意していたのか」

「……はい」

悔しい。見透かされている。そのケーキを鏡子が用意したと知られたら、さらに窮地に陥る。

「ホンマに？　めっちゃ、嬉しい！　プレゼントまで用意してくれてたん？　ウチはステーキだけでよかったのに」

「そうだったのか。じゃあ、プレゼントを渡す前に、とびきり美味いステーキを焼いてあげよう。良彦君、腕のみせどころだな」

立浪が、葵にはわからぬよう、私に向けてウインクをした。

何のサインだ？　娘を喜ばせるだけ喜ばせておいて、いきなり、絶望の淵《ふち》に突き落とすつもりなのか？

――殺意を覚えた。

この男だけは許さない。いわれのない罪で殺されるぐらいなら、先にナイフを突きたててやろうか。

さすがの立浪も、心臓を刺されたらひとたまりもないだろう。問題は分厚い胸板をステーキナイフで切り裂けるかどうかだ。

私は、葵に焼いてやる肉を取るために、カウンターから業務用冷蔵庫のある倉庫へと入った。他にはドリンクのストックやパソコンのデスク、タイムカードが置いてある。

店内の様子は見えないので、立浪と葵の会話に耳を澄ませた。

「この日のために、一週間、野菜しか食べてないねん」

葵の弾んだ声が聞こえる。

胸がえぐられるように痛い。葵は、この日を本当に楽しみにしてきたのだ。

「奇遇だね。俺も最近、野菜しか食べていなかった。九カ月ぶりのステーキなんだ」

立浪の低い声が響く。

「そんなに大きな体してんのに、肉が嫌いなんですか？」

「この体は生まれつきだよ。去年までは肉が主食だった」

私がいないところで、二人きりにさせるのは我慢ならない。早く、肉を選んで戻らなければ。

慌てて業務用冷蔵庫を開き、ストックの肉を確認する。極上のサーロインにするか。私的にはフィレが好みだが、若い葵ならペロリと平らげてくれるだろう。

私は肉を手に、カウンターの厨房へと向かった。

葵はにこやかな顔で、立浪と話を続けている。

「何で、そんな長い間、肉を食べてなかったんですか？」

「肉が、一番好きな食べ物だからさ」

「好きやのに？」

葵が首をかしげる。

「俺も五十代になったし、そろそろ自分の欲望をコントロールすることを覚えないとダメだと思ってね。肉以外にも、酒を控え、タバコはやめ、ギャンブルからも足を洗った。仕事もこれから徐々に減らしていこうと思っていた。でも、今夜ですべてがパーだ」

や、やめろ！

私は、極上のサーロインを落としそうになった。

「どういう意味ですか？」

「ストレスが爆発したんだよ。つい、さっきまで嫁と喧嘩して家を飛び出し、憂さ晴らしにステーキを食べにきたってわけだ」

頼む。葵には鏡子とのことを言わないでくれ。娘の前で、弁明なんてしたくない。

「鏡子さんと喧嘩したんですか？」

「ああ、彼女が俺を裏切った」

立浪が、肉を持って呆然《ぼうぜん》としている私をチラリと見た。

ダメだ。立浪はバラす気だ。

「何をしたんですか」

葵が興味津々で身を乗り出す。

「俺たち夫婦の話はやめよう。よくある夫婦喧嘩だよ。せっかく、葵ちゃんの誕生日なんだから」立浪が私にわざとらしく微笑む。「さあ、早くその美味そうな肉を焼いてやれよ。もちろん、一番いい肉を持ってきたんだろうな」

くそっ……。安堵《あんど》感と怒りがごちゃまぜになり、頭がおかしくなりそうだ。

このサディストめ。そんなに私を苦しめたいのか。

私は平静を装い、肉をまな板に置いた。カウンター下にある小型の冷蔵庫から牛脂とニンニクを取り出す。

「えー。聞きたかったな。ウチ修羅場大好きやのに」

葵が、残念そうに椅子の上で身体を反らせた。

娘よ、今まさにとんでもない修羅場の真っ最中なのだよ。それ以上、根掘り葉掘り訊くんじゃないぞ。

私は、鉄板に牛脂を置いた。熱によって、ゆっくりと溶けるのを待ち、その上にスライスしたニンニクを並べる。

「葵ちゃんも結婚すればわかるよ。どれだけ愛し合っていようとも、人は簡単に相手を裏切る」

「怖いこと言わんとってくださいよ。ウチは幸せな結婚に憧れてるんやから」

「それは幻想だ」

これぱっかりは、立浪の言うとおりだ。私と優子の結婚も幻想だった。

私は、まな板のサーロインにモンゴル産の岩塩を振った。次に荒挽きの胡椒《こしょう》を振ろうとしたが、手が震えてミルを落としそうになる。集中できない。娘を人質に取られながら料理をしているようなものだ。

「またひとつ大人になりました」

葵が、笑いながら立浪に言った。彼女も私と優子の生活を見て育った。結婚が幻想だと、ずいぶんと前から知っている。

鉄板のニンニクがキツネ色に変わりはじめ、香ばしい匂いを出す。

「めっちゃ、ええ匂いする」

葵が、うっとりとした顔になる。

……そう言えば、葵の好きな食べ物は何だったろうか。

覚えていない自分に愕然《がくぜん》とする。いや、元から葵の好物を知らないのか。彼女が生まれてからも私は仕事に忙しく、家族揃っての食事は中々できなかった。他人に美味い食事を提供し、他人の笑顔は見てきても、私は肝心の家族を笑顔にしていなかったのだ。

「早く、パパのステーキを食べたいな」

待ってろよ、葵。パパが世界一美味いステーキを焼いてやるからな。

ようやく、胡椒を振り終えたサーロインを鉄板にのせる。ニンニクは焦げないように、熱の通っていない鉄板の端に寄せる。

肉が音を立てて焼かれはじめた。

予感がする。この肉を葵が食べ終えた瞬間、立浪は銃を再び取り出す気だ。

「目の前で、お肉を焼かれるのってたまらんね」

葵が、祈るように両手を合わせて肉汁が溢れだすサーロインを見た。

「本能が刺激されるだろ。人間は肉を食いたい欲望には逆らえないんだ」

立浪が、喉を鳴らした。

葵が、立浪の言葉に頷く。

「ウチら人類って、絶対、原始時代から肉食やんね。マンモスを捕まえたら、バーベキュー大会で盛り上がったと思う」

「間違いないな」

立浪が笑った。

私も顔面が引きつらないように気をつけて笑う。

「俺も、葵ちゃんに何かプレゼントをあげよう。何が欲しい？」

立浪が言った。その優しすぎる声に、うすら寒くなる。

「ホンマに？　でも、急に言われてもパッと出てこうへんわ」

「今、一番欲しいものは？」

「素敵な彼氏やね」

葵が即答する。

彼氏はいないのか。今までいなかったのか。それとも別れたばかりなのか。こんな状況なのにやっぱり気になってしまう。もし、今夜生き延びることができれば、優子に電話で訊いてみよう。

「俺じゃダメかい」

立浪が、冗談ぽく訊いた。

「だって、めっちゃ綺麗な奥さんがいるやんか」

葵が、笑って答える。

「不倫は許せない？」

「絶対、嫌。最低やわ。なんで男って浮気するんやろ」

ステーキナイフが、私の心臓に刺さったかと思った。

許してくれ、葵。パパは、めぐみという女の人と浮気をしてしまった。それも相手には彼氏がいると知っていたのに、我慢できずに手を出したんだ。しかも、それが離婚の直接のきっかけなんだ。

パパは、最低な男だ。

でも、鏡子とは何もない。それだけは信じて欲しい……。

「浮気は本能だからしょうがないんだよ。長い人間の歴史から見れば、一夫一妻制になったのは最近の話だ」立浪が、演説をするように強い口調で言った。

葵も負けじと返す。

「わかってるって。人類が発展したのは原始時代のオスが手当たり次第にメスをレイプしたからやろ」

〝レイプ〟なんて、娘の口から聞きたくない言葉だ。そんなブラックなことを言えるセンスは大阪で身につけたのだろうか。

「いや、手当たり次第ではないだろう。むしろ、今よりは秩序が取れていたかもしれない」

「どういうこと？」

「動物園の猿山と一緒だよ。昔の人間は群れで生活していて、ボスがすべてのメスを独占していたと思う。他のオスたちはメスに触ることすら許されない」

「そんなん、群れで生活する意味ないやんか」

立浪が静かに首を振った。

「それでも群れるのが動物なんだよ。エサの問題や天敵から身を守るためには集団で生活したほうがいい」

「ほんじゃあ、他のオスたちは、ボスがメスとエッチするのを見学せなアカンってこと？」

葵が目を丸くする。

「そうだ。現代社会も似たようなもんだよ。ほとんどの男たちは、指をくわえて欲望を堪《こら》えている。一部の選ばれた男だけが、欲望のまま、自由に生きられるのさ」

立浪が顎を上げて、私を見下すように言った。

「またひとつ、大人になりました」

葵が、おどけた顔でペコリと頭を下げる。

立浪は、自分は選ばれた人間だと、誇示したいのだ。ゆえに、鏡子の裏切りが許せない。

ところで、鏡子は、一体、誰と浮気をしていたのだろう。迷惑にもほどがある話だ。その証拠が、なぜか私と結びつき、疑われるハメになっている。

あの伝説の男、立浪琢郎が妻を寝取られた——。そんな噂はあっという間に東京中に知れ渡るだろう。チョモランマのように高いプライドを持つ立浪には耐えられないことだ。

無敵の立浪が恐怖を感じることがあるとすれば、それは、今まで築き上げてきた面《メン》子《ツ》を失うことだ。立浪がその気になれば、原因不明の爆発で容易に私を抹殺できる。

証拠は何も残らないし、何より楽だ。だが、今回ばかりは、たとえ刑務所行きになっても、浮気相手を自分の手でぶち殺し、ケジメをつけるに違いない。

浮気相手の娘も惨殺。

これほどまでにインパクトのある復讐はあるだろうか？

立浪にとって、葵が現れたのは、願ってもないプレゼントなのだ。

もしかすると……。

ダメだ、悪いほうに考えるな。ネガティブな思考を捨てて、サーロインを焼くのに集中するんだ。

しかし、一度過ってしまった想像は容易に消せない。

――もしかすると、立浪は、葵だけを殺して私を生かすのではなかろうか――。

気が遠くなる。愛する娘が死んでいくのを見せられるなんて、どんな地獄の拷問よりも辛い。

そのとき、ドアが開いた。まさかの訪問者だ。

立浪と葵が振り返り、店の入口を見る。

「めぐみ、いますか？」

若い男が、ドアを開けて入ってきた。

最悪だ！　なぜ、このタイミングで、めぐみの彼氏が現れるんだ！

9

めぐみの彼氏の名前は、金子《かねこ》翔太《しょうた》。二十九歳の好青年だ。

まだ三回しか会ったことはないが、最近の若者にしては珍しいほど真っ直ぐで、情熱的である。

『僕、必ずハリウッドで天下を獲ります。アカデミー賞のレッドカーペットの上を練り歩くのが夢なんです』

初めて会ったとき、十五分もしないうちに熱く語りはじめたのには驚いた。

私はめぐみに約束したとおり、劇団の公演を観に行き、終演後に花束を渡した。夜の回の公演で、『テキサス』も定休日だったので、一緒に晩御飯を食べようということになっていた。

めぐみが衣装から服に着替えるのを、劇場の外で待っていると、翔太が金魚のフンのようにめぐみについてきたのである。

「店長、紹介します。わたしの彼氏で、劇団の座長の金子翔太です」

〝座長〟よりも〝彼氏〟を強調するのかよ……。

めぐみの顔を見れば、翔太が勝手についてきたのは一目瞭然だった。

私は軽い嫉妬を覚えた。こいつがめぐみの男か。

外見も気にいらなかった。男のくせに耳が隠れるほど髪を伸ばし、何を意識しているかは知らないが、あごひげだけが長い。インテリぶった眼鏡を割ってやりたい衝動に駆られる。やたらと細身で不健康そうだ。カレー色のネルシャツもベルボトムのジーンズも貧乏臭い。

「いつも、めぐみがアルバイトでお世話になってます」

翔太が何度も瞬《まばた》きをしながら頭を下げた。

「どうでした？　お芝居のほうは楽しんでいただけましたか？」

挨拶よりも、評価が気になって仕方のない顔だ。

「すごく面白かったよ」

もちろん、お世辞だ。どこかで観たことのあるようなストーリーをつなぎ合わせただけのお粗末な脚本だったし、めぐみを含めた役者たちの演技に至っては学芸会レベルだ。唯一、演技がキラリと光る女優がいたが、小太りで田舎臭く、決して容姿に恵まれてるとはいえなかったので役も地味なものだった。どうして、自己満足だけの作品に三千八百円も支払わなければならないのか納得できない。プロとして、極上のサービスを毎晩提供し続ける私にすれば、この劇団は今すぐ解散すべきである。

そう言いたいのをグッと堪える。翔太の横にいるめぐみまでも傷つけたくない。

「どういうところが面白かったですか？」

翔太がしつこく訊いてきた。

難しい質問をするんじゃない。答えに困るだろ。

「ストーリー展開が良かったよ。舞台という限られた空間の中で、シンプルだけど大胆な構図でまとめていたよね。あと、演出も良かった。役者たちの隠れた魅力を思う存分引き出せていたんじゃないかな」

とりあえず、適当に言葉を並べた。このコメントは、私が日頃から考えている仕事の哲学そのものだ。

コース料理という〝ストーリー〟をお客様に楽しんでもらうために、鉄板という

〝舞台〟で〝シンプルだけど大胆〟なステーキを主役に、前菜の野菜の〝隠れた魅力を思う存分引き出した〟一品を用意するよう心がけている。

演劇であろうがステーキ屋であろうが、基本は同じはずだ。お金を使ってくれるお客様に対して、最高に幸せな時間を過ごしてもらう。

「本当ですか！　すごく嬉しいです！」

私の感想に感動した翔太が、目を輝かせて握手を求めてきた。私がめぐみとセックスをしているとも知らずに。

まさか、握手をしてくるとは思わなかった私は、驚いて、つい半歩ほど下がってしまった。動揺を悟られないよう力強く翔太の手を握り返す。

その横でめぐみは、手を握りあう私たちを微笑みながら見ている。女は図太い。舞台の上よりも遥かに演技が上手《うま》いではないか。

「どの役者の演技が良かったですか？」

翔太は、まだ手を離さずしつこく訊いてくる。

「もちろん、めぐみちゃんだよ」

ヒロインが真横にいるので、そう答えるしかない。

「上本はどうでした？」

演技が他よりマシだった地味な女優だ。

「うん。良かったよ」

「あいつ、新人なんですけど才能あるんですよ」

「わたしと店長は、今からご飯を食べに行くの」

めぐみが諭すような口調で、翔太に言った。新人女優の名前が出たからか、少ししゅんとしている。

「へえ。いいなあ」

翔太が、捨て犬のような目で、私とめぐみを交互に見る。

「……良かったら、翔太君もおいでよ」

思わず、言ってしまった。

「いいんですか？」

めぐみがわずかに眉をひそめた。

翔太は、何も気づいていない。恋人の微妙な表情の変化を見逃すようでは、今後、演出家としては大成しないだろう。

「人数が多いほうが楽しいよ。お芝居の話も聞きたいしね」

私だってめぐみと二人で食事に行きたいが、ここで翔太を誘わないことで変に勘繰られるのも面倒臭い。

私は、昔から嘘が得意な人間ではない。

優子と結婚してから、めぐみと関係を持つまでは一度も浮気はしたことがなかった。風俗にも行っていない。たまに『テキサス』の常連客が、そういう場所に私を連れて行こうとするが、丁重にお断りしている。

「ありがとうございます！」

翔太が、試合を終えたあとの野球部員みたいに頭を下げた。

私たちは劇場近くのスペイン料理店に行った。乾杯したあと、翔太がいきなりハリウッドへの夢を語りだしたのである。

「僕、必ずハリウッドで天下を獲ります。アカデミー賞のレッドカーペットの上を練り歩くのが夢なんです」

演劇をやっているからか、腹式呼吸で声がやたらとデカい。周りの客に丸聞こえではないか。

「ハリウッドということは、翔太君は映画の世界に行きたいの？」

私は、カタルーニャ産の赤ワインを飲みながら訊いた。

「はい。いずれは映画監督になりたいんです」

それで納得できた。本日の舞台で観た内容は、ハリウッド映画のいいところをチョイスして、かつ登場人物を強引に日本人にしていたから違和感があったのだ。

「早稲田大学のときは映画研究会だったんだよね」

翔太の隣に座っているめぐみが、覗き込むように言った。甲斐甲斐《かいがい》しく寄り添い、翔太の皿に、タパスやパエリアを取り分けている。

傍から見たら、〝よくできた彼女〟だ。

まさか目の前にいる私と、秘《ひそ》かに肉体関係を持っているとは誰も思わないだろう。

「卒業してから映画の配給会社に入ったんですけど、どうしても夢を諦められなくて半年で会社を辞めて劇団を結成したんです」

翔太が、さらに声を張り上げた。

うるさい。そのエネルギーを発揮するのは舞台だけにしてくれ。今はゆったりとスペイン料理を堪能したいんだ。

普段、安いチェーン系の居酒屋でしか呑《の》んでいないであろう翔太は、テーブルに並んでいる数々の料理と賑やかな店の雰囲気に、有頂天になっていた。

「もったいないと思いません？　大手の会社なんですよ。翔太は熱くなったらすぐに暴走するんです」

めぐみが尊敬した眼差しを翔太に向ける。

「でも、どうして劇団なわけ？　映画の世界とは離れているような気がするけど」

私は少しムキになって訊いた。

翔太が、意外にも学歴が高く、一流企業に就職していた過去まで持っていたことに嫉妬を感じたからだ。

我ながら情けないが、学歴のないのが私のコンプレックスだ。よほど親しい相手ではない限り、自分が定時制の高校に通っていたとは言えない。

「映画の現場に入ったところで、すぐに撮らせてはもらえないじゃないですか。それなら、インディーズでもガンガン脚本と演出の勉強ができる小劇場の世界のほうが有利だと思ったんです。アカデミー賞を獲った『アメリカン・ビューティー』の監督のサム・メンデスも演劇界出身ですし」

パエリアの海老の殻を剝きながら意気揚々と語る翔太に、言いようのない苛《いら》つきを覚える。

夢だけしかない貧乏な若者に、どうして羨ましさを感じてしまうのだろう。自分も通ってきた道ではないか。西麻布のステーキハウスで、セレブたちの相手をしている私は、成功者のはずなのに。

せっかくの料理が不味《まず》くなってきた。

「店長、これからも私たちの劇団をよろしくお願いします」

テーブルの下で、めぐみの脚が伸びてきた。不機嫌な私を慰めるように、股間を弄《いじ》ってくる。

私は動けなかった。靴を脱いだめぐみの脚は別の生き物のように自由に動き、私を興奮させた。

テーブルの下の出来事は、この店の誰も知らない。私とめぐみだけの秘密だ。

翔太は何も知らず、「うま、うま」と言いながらパエリアにがっついている。

「応援しているよ、翔太君」

私は、満面の笑みを浮かべて言った。

10

「お久しぶりです。店長」

『テキサス』に入ってきた翔太の顔が暗いのは、照明だけのせいではない。

「めぐみちゃんなら、終電前に帰ったよ」

私は間髪入れずに言った。

早くどこかに行ってくれ。これ以上、事態をややこしくしたくない。

帰れ！　早く帰れよ！

「店に忘れ物をしたから取りに戻るって、めぐみからメールが入ったんです。もう終電がないから、タクシーで迎えに来たんですけど」

貧乏な劇団員が、わざわざタクシーで？　どうも、翔太の様子がおかしい。忙《せわ》しなく瞬きをして落ち着きがない。

「忘れ物はないと思うけどな……」

めぐみは自分の鞄を持って帰った。他に荷物はなかったはずだ。

帰り際「葵ちゃんを喜ばせてあげてね」と店の入口で私にキスをした。もちろん、めぐみと葵は会ったことはない。私が一方的に、葵の話をするだけだ。

「めぐみちゃんの噂の彼氏か。劇団やってるんだろ？」

立浪が手招きをして翔太を呼んだ。客たちは知らないが、立浪はめぐみに彼氏がいると知っていた。立浪に隠しごとをできるやつなんていない。

「ここで待っていればいい。そのうち、めぐみちゃんも来るだろうよ」

立浪は、葵が座っているのとは反対側の隣の席を、翔太に勧めた。立浪の奴、どういうつもりだ？　これ以上、〝飛び入りゲスト〟を増やしてどうする？　また、奴の直感が働いているのか。

だとすれば、マズい。私とめぐみの関係だけは、葵に知られたくない。

「はじめまして。金子翔太といいます」

翔太が律儀に頭を下げ、カウンターに座る。

立浪を真ん中にして、私から見て左手に葵、右手に翔太が座っている。

胃が痛くなってきた。私にとっての〝爆弾〟が、三つも揃っているではないか。

「立浪琢郎です。よろしく」

立浪が、熊のように大きな手を差し出した。握手をしただけで、翔太の細い腕が折れそうにしなる。

「葵です。いつもパパがお世話になってます」

葵もにこやかに挨拶をする。

「店長の娘さんですか？」

「夏休みを利用して、大阪から遊びに来たんだ」

私は、ほどよく焼けたサーロインを引っくり返しながら答えた。

「君も飲むか」

立浪が、ロマネ・コンティの瓶を持ち上げる。

「いいんですか？」

翔太が、高級なワインの瓶に怯《ひる》む。

「今夜はスペシャルな夜なんだ。君も祝ってくれ」

自分の妻を殺しておいて、スペシャルだと？

立浪は覚悟を決めている。どうにかして隙を作り、葵だけでもここから脱出させなければ。

そのためには、翔太を利用させてもらうしかない。何の罪もない彼には悪いが、葵のためだ。

自分の子供の命を救うためならば、親は一瞬で悪魔になれる。

私は、ロックグラスをもうひとつ出し、翔太の前にそっと置いた。

「さあ、たっぷり飲め。男は、若いうちほどいい酒を飲まなきゃダメだぞ」

立浪が、ロックグラスにロマネ・コンティをなみなみと注いだ。

「いただきます」

翔太が、グラスを持ち挙げ、一気に飲み干した。

「いいじゃねえか。豪快な飲みっぷりだな」

何を考えている？　ぶどうジュースじゃないぞ。一杯、いくらすると思ってるんだ？

「大学生のコンパみたいやな」

葵も呆《あき》れた顔になる。

「おかわりもらえますか。ベロベロに酔っぱらいたいんです」

「何か嫌なことでもあったのか。俺でよければ相談に乗るぞ」

立浪が、おかわりのロマネ・コンティを注ぎながら訊いた。

翔太が、芝居がかった仕草でカウンターに両肘をつき、頭を抱えた。

「めぐみが……浮気してるんです」

目の前が真っ暗になった。

『テキサス』の床が底無し沼になり、ずぶずぶと脚が埋まり、身動きの取れない錯覚に陥る。

今夜は何かがおかしい。愛する娘の誕生日を祝うはずが、なぜ、こうも最悪な事態が立て続けに起こる？

私は、今、天罰を受けている真っ最中なのだろうか。家族を裏切り、離婚して葵を傷つけた報いを受けているのか。

優子は、私がめぐみと浮気をしているのを見抜いた。

確固たる証拠を摑《つか》まれたわけではないが、三年前のある朝「あなた、あのアルバイトのめぐみちゃんって子とセックスしてるわね」と言ってきたのだ。

私はうまく誤魔化せなかった。朝御飯を食べている最中に（しかも、味噌汁を飲んでいた）、あまりにも唐突に訊かれたからだ。

「そんなわけないだろ。何を馬鹿なこと言い出すんだよ」と、咄嗟に反応したが通用しなかった。顔が引きつったのか、もしくは味噌汁のお椀を持つ手が震えていたのだろう。

深いため息をついた優子に「別れましょう」と告げられた。あまりにもあっさりと、あまりにも無表情に、優子は言った。

そのあとすぐに、寝起きの葵が自分の部屋から出てきて食卓についた。

「パパ、ママ、おはよう。天気も最高にいいし、幸せな朝だよね」

「そうだな……」

私は、呆然としながら味噌汁をすすった。静寂に包まれた朝の風景だったが、私の心の中では、何かがガラガラと音を立てて崩れていった。

今でも葵は、本当の離婚の原因を知らない。優子から「葵には浮気のことは黙っておいて。あの子はあなたのことを愛してるのよ」と釘《くぎ》を刺されている。

将来における方向性の違い――。ロックバンドが解散するような理由で、別れたことになっている。

「まさか、めぐみが僕を裏切るなんて……」

翔太が、まだカウンターで頭を抱えたまま言った。

鼻水を啜《すす》る音。どうやら、泣いているらしい。

「めぐみって、ここのアルバイトの人？」

葵が、私に訊いた。

「そうだよ。女優をやっている可愛い子ちゃんだ」

立浪が代わりに答える。

やめてくれ。めぐみの話をしないでくれ。

最高潮に心拍数が上がってきた。銃を突きつけられたときよりも、心臓が痛い。

どうして、翔太がめぐみの浮気を知っているんだ？　めぐみがバラしたのか？　相手が私と知って、ここにやってきたのか？

「僕たち、結婚の約束までしてたんですよ」翔太が吐き捨てるように言った。「新婚旅行の計画も立てていたのに」

立浪が、優しく翔太の背中を摩《さす》る。

「まあ、落ち着け。相手は誰なんだ」

言うな。今、お前の隣の男は銃を持っているんだぞ。

「それが、まだわからないんです」

……わからない？

つまり、ここに来たのは偶然だというわけか。

心臓が止まるかと思った。まだ、すべてはバレていないようだ。しかし、まったく安心はできない。

「じゃあ、気のせいかもしらんってこと？」

葵が訊いた。顔がニヤけているではないか。さきほど、「修羅場が好き」と言ったのは本当のようだ。

翔太は、悲しそうに首を振った。

「残念ながら、証拠を見つけてしまったんです。見つけたくなかったけど……証拠があったんです」

また、証拠だ……。

立浪が、ふくみ笑いをしながら私を見た。その目は「俺も、お前と鏡子の浮気の証拠を握ってるぞ」と語っている。

「どんな証拠なん？」

葵が、さらに身を乗り出す。

「葵、やめなさい」

私は葵を睨みつけた。

何たる皮肉だ。一番浮気のことを葵に知られたくないのに、その葵が、ここにいる誰よりも一番興味を示している。

「いいんです。聞いてください」

翔太が、ほぼ泣き声で言った。

「そうだ。辛いときは自分一人で抱えず、他人に話したほうが楽になるぞ。我慢はよくない。ときには怒りを爆発させろ」

立浪が翔太の背中を左手で摩りながら、右手でスーツの内ポケットに手を入れた。

銃を出す気か？

身構えた私を見て、立浪はニヤニヤと笑い、右手をゆっくりと出す。

……銃は持っていない。舐めやがって。私の怒りを爆発させてやろうか。

「めぐみの……スマホを見たんです」

翔太が、絞り出すような声で言った。

「マジで？　勝手に見たってこと？　アカンやん、そんなことしたら」

葵に言われて、翔太が頷いた。

「彼女がお風呂に入ってる間に見てしまいました」

めぐみは、翔太と同棲をしていた。去年までは別々に一人暮らしをしていたが、「東京の家賃は高すぎるから翔太と暮らす」と、一緒に暮らし始めたのだ。

私と浮気をしておきながら、彼氏と同棲をするのか。

私は、その話を打ち明けられたとき、またもや、めぐみの図太さに驚かされた。

「翔太君は、めぐみちゃんを疑っていたわけだな」

立浪が訊いた。

「この半年ほど、ずっと怪しかったんです。電話をかけても出なかったり、『友達の家に泊まる』と言って、その友達の名前を教えてくれなかったり……」

その〝友達〟は私だ。月に一度か二度しか逢《あ》わなかった関係が、ここ半年で親密になっていき、最近は週に一度は私のマンションに泊まりに来ていた。

翔太が疑うのも当たり前じゃないか。めぐみの「大丈夫。翔太は演劇に夢中で、わたしのことなんて見ていないから」という言葉を信じてしまっていた。

いや……というより、優越感に酔っていたのだ。ずっと、翔太に対抗意識を燃やしていたのかもしれない。

「たった、それだけで、めぐみちゃんのスマホでメールをチェックしたん？」

葵が、チクリと責めるように言った。

「最低ですよね」

「仕方ないだろうな。一度、浮かんでしまった疑念は、とことんまで調べないと消えることはない」

立浪がフォローをする。

同じ立場として、共感しているのか。

どうする？　もし、これで、めぐみの相手が私だと発覚したら、翔太までもが私を殺すと言いかねない。

「ずっと夜も眠れなくて……次の本公演の台本を書かなくちゃいけないのに、全然、集中できないし……メンタルが弱すぎますよね。めぐみは僕のウジウジした性格に愛想を尽かしたんですよ」

「そう自分を責めるな。メールには何て書いてあったんだ？」

「誰か知らない奴に、『昨日は楽しかったよ。美味しいご飯をありがとうね。また連れてってね。愛してる』と書いてありました」

「それだけ？」

葵が、ケタケタと笑った。

「それだけで充分でしょう」

「ただ単に、ご飯をご馳走《ちそう》してもらっただけかもしれんやん」

「ご飯だけで、〝愛してる〟なんて台詞《せりふ》が出てきますか？」

「深い関係にならなきゃ出ない言葉だな。メール相手の名前は？」

立浪は、翔太の味方を続けている。

翔太が深いため息をつき、呟いた。

「相手の名前は〝よっちゃん〟でした」

「ほう。偶然だな。この店のオーナーも〝よっちゃん〟だぞ。なあ、良彦君」

立浪の目が、たしかに光った。

「本当ですか？」

翔太が顔を上げた。血の涙を流したかのような、真っ赤な目をしている。

「パパが浮気相手なん？」

葵が、母親とそっくりな表情になる。鉄の仮面のような顔だ。

「そんなわけないだろ。今までの人生で〝よっちゃん〟と呼ばれたことはないよ」

ビクつくな。顔に出すな。全神経を集中させて嘘をつけ。

私は、思わず呼吸を止めた。三対一のプレッシャーに押しつぶされそうになる。

「翔太君、意外と犯人は近くにいるかもしれないぞ」

立浪が、右手の人差し指を私に向けた。

「やめてくださいよ、立浪さん」

私は、自然な笑顔を必死で作った。

「下の名前、良彦っていうんですか……知らなかった。めぐみは、いつも『店長』って言ってたから……」

「まあ、〝よっちゃん〟ってあだ名の男は全国に山ほどいるだろうけどね」

私は肩をすくめてステーキの焼き加減を見た。

翔太が椅子から立ち上がらんばかりに身を乗り出した。

「違いますよね？　めぐみとそんな関係にはなってないですよね？」

翔太の唾が鉄板に飛び、ジュワと蒸発する。

私はステーキから顔を上げて、真剣な目で翔太を見た。

「神に誓ってもいいよ。彼女とは何もない。店長と従業員の関係だよ」

「すいません。疑っちゃって」

翔太が、ようやく安堵の表情を見せる。私も、心の底からホッとした。膝が笑いすぎて、カウンターで支えないと、まともに立っていられないぐらいだ。

だが、まだ終わってはいなかった。

「念のため、確認させてもらったほうがいいんじゃないか」

立浪が、再び私を地獄へと引き戻す。

「……何をですか？」

翔太が、すぐに不安な顔つきになる。

「良彦君のスマホだよ。めぐみちゃんとのメールがなければ安心できるだろ？　疑念は晴らしておかないと、良彦君も気分が悪いだろう」

……終わった。

私のスマホには、証拠のメールがバッチリと残っている。めぐみとは毎日連絡をとりあっていた。

たまに、調子に乗り、「愛してる」に近い言葉を送ったこともある。

めぐみは、おそらく消しているだろう。だが、私は消そうともしなかった。まさか、こんな日が訪れるなんて思っていなかったのだ。

「ウチもそのほうがええと思う。パパ、見せてあげて」

娘よ。パパにとどめを刺さないでくれ。

「ほら、翔太君のためにも見せてあげろよ」

ふざけるな。お前が見たいだけだろう。

立浪は、私とめぐみの関係を疑っている。自分の妻と浮気をしておきながら、他の女にも手を出す男……。立浪が私を殺す理由がどんどん強固になってしまうではないか。

「パパ、どうしたん？　早く見せてあげたら」

「……ちょうど、充電が切れてるんだ。充電器も家に忘れた」

泣きたいぐらい、苦しい言い訳だ。

立浪が、両眉を上げた。

「機種は？　コンビニで携帯用の充電器を買ってくればいい話だろ。早く、翔太君を楽にしてやれよ」

この飲食ビルから歩いて五分もしない場所に、ファミリーマートがある。

「ウチが買ってきたるわ」

葵が、止める間もなく立ち上がり、店を出ていった。娘として、父親が疑われるのが我慢できないのだろう。葵の気持ちに、思わず涙が零れそうになる。

葵……裏切って、ごめんよ。パパは誘惑に勝てなかったんだ。

立浪は、葵がエレベーターに乗った音を確認してから、私を見た。

「ずいぶんと顔色が悪いな。体調が優れないのか」

覚悟を決めろ。葵が帰ってくる前に、何とか切り抜けるしかない。私は大きく息を吐き、立浪の顔を見返した。

「信じてください。私は鏡子さんとは何もありません」

「鏡子？」

翔太が眉をひそめる。

「誰ですか、それ？」

「俺の妻だ」

「は、はあ……」

翔太が怪訝《けげん》な顔で、私と立浪を見比べる。

「鏡子さんとは浮気をしていない」

「ちょっと、一体、なんの話をしているんですか？」

「翔太君、落ち着いて聞いて欲しい。今夜は娘の誕生日なんだよ」

「だから何ですか？」

「君には、あらためて謝罪したい」

「まさか……」

翔太が、あんぐりと口を開ける。

「そうだ。めぐみとは関係があった。君という存在を知っていながら。すまん。どうか許して欲しい」

翔太が目を閉じ、歯を食いしばった。爆発寸前の怒りを必死で堪えている。

立浪が豪快に笑った。

「やけにあっさりと認めたな」

「事実ですから」

「……いつからだよ」

翔太が見開き、充血した目で私を睨みつける。

「いつから、めぐみとやっていたんだよ」

嘘をつくな。ここは誠意を持って謝るしかない。

「すまない。かなり前からだ」

「僕と初めて会ったときは、すでにやってたのか？」

「そうだ」

「ふざけんなよ！」

翔太が立ち上がり、カウンターの椅子を激しく倒した。

「きちんと謝りたい。君の気が済むまで謝罪をするつもりだ。だから、明日にでも、日を変えて会ってくれないか。今夜だけは勘弁して欲しい」

「何だよ、それ。人の女を寝取っておきながら、命令すんじゃねえよ」

「それはごもっともだな。土下座してでも頼むのが筋だろ」

立浪が、翔太の怒りを煽《あお》る。

私は、カウンターの厨房から、急いでフロアに出た。

ここから、コンビニまでの往復時間は、買い物をしても十二、三分だ。早くしないと葵が戻ってくる。

翔太の前に両膝をつき、土下座をしようと両手を床に伸ばした。

「やめろ。そんなことで許すわけねえだろ」

翔太が叫ぶ。

私は、翔太を見上げて懇願した。

「頼む。明日にしてくれ。今夜は娘の誕生日で、わざわざ大阪から会いに来てくれたんだ」

「知らねえよ！　全部、お前の都合だろうが！」

「このとおりだ」

床に額をこすりつけ、私は生まれて初めての土下座をした。屈辱感と焦りと罪悪感で全身が熱くなる。

「本当に土下座しやがった」

頭の上から、立浪の声がした。

——二度あることは、三度ある。

また、予想もしないタイミングでドアが開き、来て欲しくない人間が訪れた。

「なにやってんの？」

小坂めぐみの声だ。

11

今夜の私は、呪われている。

「役者が揃ったな」

立浪が嬉しそうに笑った。

「店長、何があったんですか？」

めぐみが私に訊いた。

「何でもないから、今日のところは帰ってくれ」

私は慌てて顔を上げ、めぐみに言った。

今、ここに葵が帰ってきたら最悪の事態になる。

……違うだろ。最悪なのは最初からだ。立浪は銃を持ってるんだぞ。自分の保身ばかり考えてどうする。

「翔太、店長に何をしたの？」

めぐみが、翔太の前で跪《ひざまず》いている私を見て、動揺している。さすがの図太い女も、この状況には驚いたようだ。

「本人に訊けよ」

翔太が投げやりな態度で返す。

私は、めぐみに言った。

「私たちの関係が、翔太君にバレた」

「えっ？　何のこと？」

めぐみが、お得意の〝演技〟に入ろうとする。

「彼が、君の携帯電話でメールを見たのさ」

「めぐみちゃんがお風呂に入ってる隙にね」

立浪が、頼んでもないのに補足した。

めぐみの顔が歪む。やっと観念してくれたようだ。

「今、翔太君にも提案したんだけど、明日、三人で話し合わないか。今日は、もう遅いし、私の娘を巻き込みたくない」

それに、銃を持った危険人物がここにいる。

「だから、勝手に決めんじゃやねえよ！」

翔太がしゃがみ込み、私の胸ぐらを摑んだ。

「翔太君。暴力はいかんぞ」立浪が、のんびりとした声を出す。「夜は長いんだ。思う存分、ここで話し合えばいい」

私は、土下座の体勢のまま、立浪に向き直った。

「お願いです。困るんです。それなら、葵を家に帰してもいいですか」

「ダメだ。すべてがお前の思いどおりに進むと勘違いするな。世界はお前中心では回っていない」

「何だよ、さっきからアンタ。ずいぶんと偉そうだな」翔太が、今度は立浪に食ってかかる。「逆に訊くけど、アンタ中心に世界が回ってるのかよ」

「少なくとも、この店ではそうだ」

立浪がスーツの内ポケットに手を入れた。

「金でも出すつもりか」

「いや、これだ」

とうとう、銃を出した。照明の下で、黒い銃身が不気味に光る。

「へっ？　何だよ、それ……」

「黙って椅子に座れ。めぐみは翔太の隣だ」

私はめぐみに頷いた。めぐみが、大人しく従う。『テキサス』でアルバイトをしていれば、嫌でも立浪の伝説は耳に入っている。すべてを把握しなくとも、自分がとてつもなくヤバい現場に来てしまったと理解したようだ。

「ほ、本物なのか……」

翔太が、震える声で訊いた。

「試してみるか」

立浪が、睨みつける。

「え、遠慮します」

私の胸ぐらを摑んでいた翔太が慌てて立ち上がり、立浪の隣の席へと移動した。

「良彦は特等席に戻るんだ」

私はヨロヨロと立ち上がり、カウンターの中に入った。正面に、立浪。その右に翔太とめぐみが並んで座っている。

鉄板のサーロインステーキは、もう完全に焦げていた。私の運命を暗示するかのように。私は鉄板の火を止めた。もう、逃げることはできない。

「良彦。どうするよ、この状況。すべて、お前が招いた結果だぞ」

「……すいません」

「話を最初に戻そう」

立浪が、再び銃口を私に向けた。

「鏡子とセックスをしたな」

めぐみと翔太が、同時に口を開けた。

「してません」

私は、体を石のように硬直させながら言った。

立浪が、大げさにため息をつく。

「おいおい。いい加減にしろ。どうして、こっちの浮気は認めないんだ」

「本当にしてないからです」

「まだシラを切り通す気なのか？」

「信じてください、立浪さん。鏡子さんとの間には何もなかったんです」

これしか言いようがない。しかし、立浪は私が認めるまで諦めないだろう。堂々巡りだ。私が認めるしか、終わりはないのか。

「……奥さんに直接、訊けばいいじゃないですか」

翔太が、横から口を出した。

「もう無理なんだ。鏡子は生きていない」

「えっ？」

翔太とめぐみが同時に言った。

「二時間前にこの銃で撃ち殺した」

「嘘……」

めぐみが口を押えて、息を呑む。

「鏡子が浮気をしていた証拠がある。その証拠がこれだよ」

立浪が、ずっとカウンターに置いていた、鏡子のスマートフォンを指した。

「この電話は誰のですか？」

「鏡子だ。画像を見てみろ」

めぐみが、スマートフォンを手に取り、操作した。

「やだ……」

画像を見ためぐみが絶句する。隣の翔太もめぐみの手元を覗き込み、顔をしかめる。

「これ以上の動かぬ証拠はないだろ？　本人に見せてやれ」

めぐみが、軽蔑の眼差しで私にスマートフォンを渡した。

私は画像を見て、ひっくり返りそうになった。一瞬、自分の身に何が起きているのか、わからなくなる。

「こ、この写真は何ですか？」

「俺が聞きたいよ。ぜひ、説明してくれ」

けばけばしいピンク色のシーツのベッド。どうやらラブホテルの一室のようだ。

――ベッドの上に、全裸の私が眠っている。萎えている下半身も丸出しのままではないか。

どこのラブホテルだ？　まったく身に覚えがない。

「撮影したのは鏡子か」

立浪が、凄味のある声で訊いた。

「わ、わかりません」

これは、本当に自分か？　ソックリさんではないのか？　そうでなければ、私の知らないところで生き別れとなった双子だ。

「認めろよ。めぐみの他にも立浪さんの奥さんとヤってたんだろ」

翔太が、立浪の真似をしてドスの利いた声になる。

「違う。こんな場所に行ったことはない」

「行ってるじゃねえか」

翔太がカウンターのロックグラスを摑み、私の顔面に向かって思いっきり投げつけてきた。

反射的に頭を下げて避《よ》けた。ロックグラスがカウンター後ろの棚に並んでいる皿に当たり、激しい音を立てる。

「きゃあ！」

めぐみが甲高い声で叫ぶ。

危なかった。分厚くて重いロックグラスが頭に直撃すれば、軽い怪我では済まない。

一気に心拍数が跳ね上がる。

もうこれ以上、私の心臓はもたない。いっそのこと、このまま心臓麻痺にでもなってくれないだろうか。

「何、避けてんだよ、てめえ」

翔太がますますヒートアップする。

「ちょっと、乱暴な真似しないでよ」

めぐみが翔太の腕を摑んだ。

「うるせえ、ビッチ。元はと言えばお前がヤリマンなのが悪いんだろうが」

「全部わたしのせいなの？　自分に責任はないの？　あなたに不満がなければ浮気なんてしないわよ」

翔太が顔を真っ赤にして、目を潤ませる。

「……どんな不満があったんだよ」

「翔太に言ってもわからないわ」

「は？　何、その上から目線。完全に開き直ってんじゃん」

「わたしだって、翔太を裏切りたくなかった」

「だから、どんな不満があったんだよ。教えろって」

「胸に手を当てて自分で考えて」

「ありえねえ」

翔太が、完全にブチ切れた。めぐみの髪を掴み、力任せに引っ張った。

「痛い！　放してよ！」

「調子に乗りすぎだろ、こらっ。ぶっ殺すぞ。ずっと騙《だま》しやがって、めちゃくちゃ演技がうまいじゃねえか。どうして、その演技力を舞台上で発揮しないんだよ。乳がデカいだけの女だと思ってたよ。お前の乳が作品を邪魔してることに気づかなかったのか。誰もお前の演技なんて見てなかったんだよ。乳にチケット料金を払ってんだよ。女優の仕事を舐めるな、この乳オバケが」

「翔太君、君が一番うるさい」

立浪が、翔太の後頭部に銃口を当て、あっさりと撃った。大きめの爆竹が破裂したような乾いた音が、店内に響く。

翔太が、椅子から崩れ落ちた。あまりにもあっけない出来事だった。みるみる床に血だまりができた。翔太はピクリとも動かない。立浪は蟻《あり》を踏みつぶすかのように、一人の人間の命を奪った。

「翔太君、よく聞けよ。君に人生のヒントを教えてやる。口を閉じろ。どれだけ、自分に不利な出来事があっても、男はグッと堪えて黙っているんだ。ベラベラと喋れば喋るほど、男の価値は下がってしまう」

立浪が、死んでいる相手に説教をしている。

私とめぐみは、顔面蒼白《そうはく》のまま、動くことができなかった。

生まれて初めて、人が殺される瞬間を見てしまった。これは、映画でもドラマでもない。紛れもない現実だ。

サーロインステーキの焦げた匂いに混じって、銃口から漂う火薬の香りが私の鼻をくすぐった。

立浪が、翔太の死体に説教を続けた。

「どうして神様は、人間の耳を二つ作って、口をひとつだけしか作らなかったか教えてやろうか。自分が話すよりも二倍人の話を聞くためだよ。どうだ、いい話だろ。この教訓を胸に生きていけ。いいな」

当然、翔太が返事をするわけがない。

「そうだ。黙っていろ。そうすれば、俺を怒らせることもない」

立浪は昂《たかぶ》る気持ちを抑えるかのように、鉄板の上の焼きすぎた肉を手づかみで掴み、次々と口に放りこんでいった。

グチャグチャと肉を噛み切る音。グビグビとワインを飲み込む音。

私とめぐみは小刻みに震えながら、何もできなかった。金縛りにあったかのように、体が痺《しび》れている。

店内BGMがボズ・スキャッグスに変わった。音楽が鳴っていたことすら忘れていた。ステレオから、『ウィ・アー・オール・アローン』が流れる。直訳すれば、みんなひとりぼっち。

ある意味、この状況にぴったりの曲だと言える。

12

「何があったん？」

いつの間にか、葵が戻ってきた。

「おかえり。パパを殺されたくなかったら、こっちにおいで。ドアに鍵をかけるのを忘れちゃダメだぞ」

立浪がゆっくりと振り返り、私の娘に銃を向けた。

「えっ……意味がわからん、何それ？」

葵が、呆気《あっけ》にとられて立浪の手にあるものを指す。半笑いだ。立浪の冗談だと思っているのだろう。

「テレビや映画で見たことないかい？」

立浪が、微笑みながら銃をチラつかせる。

今なら……やれる？

私は手元のナイフを握りしめた。立浪は、私に背を向けている。ただ、目の前の鉄板が邪魔で立浪の背中まで届かない。

「ほ、本物なん？」

「そうだよ。パパを撃って証明しようか」

葵が怯えた目で私を見る。血を流して倒れている翔太に気づき、ようやく冗談ではないとわかったようだ。

私はコクリと頷いた。もし、葵を殺されたら生きてはいけない。何としても、娘を守らなければ……。

「良彦、殺気がするぜ」立浪が、こちらを振り返らずに言った。「お前にはできないよ。大人しく肉を焼いてろ」

まるで、頭のうしろにも目が付いているようだ。この怪物には隙がまったくない。これまでの数々の修羅場に比べれば、今夜の出来事もさほど大したものではないのだろう。

私は情けないことに、今にでも小便を漏らしそうだ。心の片隅で、これが悪い夢であってくれと願っている。

「葵。パパにステーキを焼いてもらえ」

立浪が、呼び捨てで言った。

「嫌や……」

「いいから、食え」

「食欲なんてあるわけないやろ」

葵は妻に似て気が強く、頑固な一面がある。立浪の恐ろしさを知らないから、余計に抵抗してしまうのだ。

「お願いだ、葵。パパに焼かせてくれ」

私が必死な目で懇願した。とにかく、これ以上、立浪の機嫌を損ねるのはマズい。この男は、ここにいる全員を射殺したとしても、罪の意識など微塵《みじん》も感じない男なのである。

「でも……」

葵が泣きそうになった。私も泣きたい。

「葵に、パパのステーキを食べて欲しい」

もしかすると、それが娘にできる最後のことかもしれない。

「わかった」

葵がカタカタと小刻みに体を震わせながら、カウンターに戻ってきた。いくら気が強いとはいえ、まだ十七歳の小娘である。この状況はあまりに酷《むご》い。

「人殺し……」

翔太の死体の横で呆然と立ち尽くしていためぐみが呟く。

「ほう。何か文句でもあるのか」

立浪が、嬉しそうに笑った。殺人を犯しておいて、どうしてこんな爽快な表情ができるのか。

「翔太……翔太を返して……」

めぐみが、ようやく涙を零した。あまりにも唐突で非現実的な出来事に、頭が真っ白になっていたのだろう。

泣くのか……それはそうだよな。彼氏だものな。

私も混乱していた。翔太が殺されたことよりも、涙をはらはらと落とすめぐみに少なからずショックを受けた。そんな自分に嫌悪感を覚える。

「意味がわからん」立浪が容赦なく切り捨てる。「『死んだ者は生き返らない』と学校で習ってこなかったのか」

「どうして、翔太を殺したのよ。何も悪いことをしていないのに」

「蚊が近づいてきたら手で潰そうとするだろ。小さいくせに耳障りな羽音は我慢できないからな」

「翔太を蚊なんかと一緒にしないで」

「蚊から見れば人間はとんでもない巨人だろう。血で栄養補給するために巨人に向かっていくなんて、何よりも勇気が必要だ」

「何が言いたいの……」

めぐみが、擦れた声で訊いた。

「つまり、お前の彼氏は蚊よりも情けない男だってことさ。たしかに、比べたら蚊に失礼だよな」

立浪が銃を片手に腹を抱えて豪快に笑う。ステーキハウス全体がビリビリと震えた。

めぐみが、ヘナヘナとしゃがみ込み、翔太の背中に顔を埋めて号泣した。

「うるせえな」

みるみると立浪の機嫌が悪くなる。めぐみがしゃくり上げるたびに、立浪の額に青筋が一本、また一本と増えた。

「めぐみ、泣くな」

私は思わず、カウンターから出ようとした。

「おいおい、動くなよ」立浪が、私の顔に銃口を向ける。「主役はステージから降りるんじゃない」

この怪物は、熊のような巨体でネズミのような警戒心を持っている。

恐れていた最悪な状況になってしまった。娘を巻き込んでしまった。

なぜ、こんなことに……。

私は、膝がガクガクと震えるのを懸命に堪えながら自問自答した。

立浪の妻とは誓って何もしていない。たしかに鏡子からのモーションはあったが、立浪への恐怖で手は出せなかった。それなのに、結局はその恐怖に怯えるなんて、あまりにも理不尽ではないか。

こんなことなら、鏡子と一発やっていれば……いや、良くない！　娘の前で何を考えてるんだよ。

葵は立浪の横に強制的に座らされて、半泣きになりながらも、父親に銃を向ける立浪を睨みつけている。

「良彦。お前の持ち場に戻れ」立浪が低い声をさらに落とす。「娘のために極上のステーキを焼いてやれ。俺にももう一枚頼む。次はリブロースだ」

当然、拒否はできない。

「……わかりました」

私は覚悟を決めた。今は、自分ができることを丁寧にやるしか術《すべ》がない。ステーキを焼いている間は、立浪が誰も殺さないと信じるしかないのである。

「お嬢さん。その手に持っているものをこっちに渡してもらおうか」

立浪が、私を見たまま、背後にいるめぐみに言った。めぐみは、自分のスマートフォンを握りしめていた。

どうして、わかる？　立浪の視野の広さは人間のそれではない。

「嫌よ！　警察に通報してやる！」

めぐみが、スマートフォンを振り上げてヒステリックに叫ぶ。

「やめろ」

誰よりも先に、私がめぐみを止めた。頼むから立浪を刺激してくれるな。

立浪がニタリと笑う。私を追い込むのが楽しくて仕方ないのだろう。

「どうしてですか！　この男を逮捕してもらいましょうよ！　銃を持った人殺しなんですよ！」

めぐみが完全に我を失って、スマートフォンを持つ手を振り回す。このままでは、立浪に撃ち殺されるのも時間の問題である。

これ以上、死体を増やされてたまるか！

「お願いだ！　やめてくれ！」

「庇《かば》うの？　店長も仲間なの？」

「もちろん、仲間さ」立浪が、すかさず横入りした。「良彦を絶対的に信用しているからこそ、この店を預けた」

それぐらいは、アルバイトのめぐみでも知っている。私は、伝説と呼ばれた男に信頼されて、明らかに天狗になっていた。

「店長と……どういう関係なの……」

めぐみの呼吸がひどく乱れてきた。顔面はチアノーゼを起こしたかのような紫色に染まり、今にも倒れそうだ。

「勝者と敗者だ」

立浪が、唇の端を歪めて答えた。

「あなたが……勝者って言いたいのね」

「違う、妻を寝取られた俺は敗者以外の何者でもない」

やめろ！　それ以上言うな！

私は脚がすくみ、動くことも声を出すこともできなかった。とうとう、巨大なギロチンが落ちてきて、私の首を刎《は》ね飛ばした。

「……寝取られた？」

葵が、眉をひそめる。

「そうさ。鏡子は、ここにいる良彦と不倫を重ねていた」

「は？　言ってる意味がわからへんわ」

葵が、立浪に食ってかかる。

「つまり、君のパパが俺の妻とセックスをしたってことだ」

立浪の丁寧な説明に、吐きそうになる。今すぐ、この場から消えてしまいたい。

「パパ……マジなん？」

私は力強く首を横に振った。

「信じてくれ、葵。パパは立浪さんの奥さんとは何もない」

嘘はついていない。真実なのだ。

だが、堂々と胸を張れなかった。体の関係を持ったためぐみがすぐ側《そば》にいるからである。

「あなたのパパはわたしともやってるわよ」

そのめぐみが、真っ赤な目で言った。

ギロチンはもう一台あった。今度は首ではなく、私の胴体を真っ二つにした。

「えっ？」

葵があんぐりと口を開けて、私とめぐみを見比べる。

「こっちは本当よ。何度もやったわたしが証言してるんだから。もう三年以上も続いている関係よ」

この女、く、狂ったのか？　いや、目の前で彼氏を撃ち殺されたのだ。おかしくなって当然だろう。

「パパ……何がほんまなん？」

葵が悲しげな顔になり、私の胸は強く締めつけられた。

もう、これ以上、娘を悲しませたくない。嘘をつくのはやめよう。

「本当だ」

「おっ。やけにあっさりと認めたな」

立浪が嬉しそうに言った。

「でも、あんたの奥さんとは絶対にやっていない」

立浪が芝居じみた仕草で肩をすくめ、わざとらしいため息をついた。

「良彦。いつになったら己の罪を認めるのだ」

「私はやってません」

娘の前で声が震えるのは情けないが、認めるわけにはいかない。

「認めたほうがいいのは言わなくともわかるよな」

立浪が横目で葵を見て、意味深に笑う。

葵を拷問する気なのか？　さらに眩暈《めまい》に襲われ、立っているのもやっとだ。もし、葵を拷問されたら、やってないことも認めてしまう。そして、認めた途端に私の命も奪われる。

まだ私の命があるのは、私が認めないからだ。立浪が私を生かしているに過ぎないのである。

「娘には手を出すな」

「それは、お前次第だ」

「娘に指一本でも触れたら、こ、殺すぞ」

ますます、声が震える。この街の帝王である立浪に、こんな台詞を吐いて生き残っている人間は皆無だろう。

「パパ、無理せんとって。ウチは大丈夫やから」

葵が私をけなげになだめる。

悲しいかな、娘から見ても、父親と立浪の戦闘能力の差が一目瞭然なのである。

「おい、娘」立浪が、唐突に葵を見た。「処女か？」

最悪な質問だ。今すぐこの男を殺してやりたい。

「なんでそんなこと言わなあかんのよ」

葵が顔を赤くして睨み返す。

「もし、処女なら、パパを助ける道がある」

「葵！　答えるな！」

私は、口を開こうとする娘に向かって言った。こんな状況で、娘の男性遍歴を聞くのはご免だ。

「答えなければ、パパの顔面をこの鉄板でこんがりと焼くぞ」

ハッタリではない。立浪ならば、冗談ではなく本当に私の頭を摑んで、躊躇なく鉄板に押し付けるだろう。

「わかった。言うからパパには手を出さんとって」

「葵！」

「パパは黙っといてや！」

娘に守られるなんて、どこまで情けない父親だ。私は、自分で自分をぶん殴りたくなった。過去に戻って己をボコボコにしたい。他人のものだっためぐみを寝取ったことも、離婚して娘から離れたことも、今さらだが許せない。

「いい目をしてるな。パパよりも見込みはあるぞ。将来は何になりたい？」

「あんたなんかに言うわけないやろ」

「俺が夢を叶えてやるのに」

立浪は、勝ち気な葵が気に入ったようだ。鏡子も気が強い。金や権力で簡単になびかない女が好みなのだ。

やめてくれ……。

自分と同じ不幸を、葵には味わわせたくない。悪魔のような男に気に入られたことで、私の人生は大きく変わった。最初は好転したかと思った。しかし、いつの間にか、地獄のど真ん中にいたのである。

「ウチは、自分の夢は自分で叶える」

逞《たくま》しく育っている葵の姿に、私は思わず涙ぐみそうになった。

「いい心がけだ。俺もそうやって欲しいものはすべて自分で手に入れてきた」

「一緒にせんといてや。キモいなあ」

「キモい？　俺を気持ち悪いと言いたいのか」

「そうや」

「そんな言葉は初めて言われたぞ」

なぜか、立浪は嬉しそうに微笑んだ。

私は、娘と楽しそうに話をする立浪に恐怖を感じた。絶対に敵《かな》わない怪物に、大切な宝物を狙われている気分である。

「あんたのことが怖くて、誰もよう言わんかっただけや」葵は、怪物にも怯まない。

「ウチが言うたる。力と金だけで生きているあんたの汚れた人生は、反吐《へど》が出るほどキモいねん」

「かっこいい……」

葵のうしろで、めぐみが呟く。

「ますます気に入ったぞ。良彦、素晴らしい娘を育て上げたな」

立浪が手を叩いて喜んだ。

常に仕事に振り回されていた私が、葵を育てたとはとても言えない。そもそも私は、葵のようにはっきりと自分の意見を口にできない。妻の優子がしっかりと子育てをしてくれていたと思うと、あらためて感謝の念が湧いてくる。

「お願いします。娘だけは助けてください。この通りです。お願いします」

私は鉄板に頭が付きそうなほど頭を下げた。むわっとした熱気が顔面を襲う。

立浪は、懇願する私を無視して葵に訊いた。

「教えろ。処女なのか」

「そうや」

葵が堂々とした声で答える。

「いいねえ」

立浪が、ますます目を細める。

葵が処女……。私は嬉しいのかどうなのか複雑な心境だった。鉄板の熱気で、額からダラダラと汗がこぼれ落ちる。

「ウチが処女やったらパパを助けてくれるんやろ」

「俺を楽しませてくれたらな」

立浪が毒蛇のようにチロチロと舌を出す。

「やめろ！」

私は立浪に向かって叫んだ。声がひっくり返り、喉が痛くなる。

「あん？　なんだその口の利きかたは？」

「お願いです。や、やめてください」

私は敬語で言い直し、もう一度頭を下げた。

立浪が何をする気か知らないが、葵の処女だけは汚させるわけにはいかない。

「肉も、メスの処女牛が一番美味いからな」

「このひとでなし……」

めぐみが吐き捨てるように言った。

「ゲームをしようか」立浪が、ステーキハウスを見回す。「久慈良彦という男の命運を決めるゲームだ」

「わたしも参加しなきゃいけないの？」

めぐみが不安げに訊いた。

立浪が頷き、不敵に笑う。興奮のあまり、ヨダレが垂れていることにも気づいていない。

「楽しい夜になりそうだな」

「嫌よ！　ふざけないでよ！　わたしは帰る！」

めぐみが真っ青な顔で怒鳴った。しかし、この場から逃げられないことは、彼女自身が一番わかっている。

「ゲームの説明をしようか」立浪が、また芝居染みた仕草で大きく両手を広げた。

「美しいお嬢様方は着席願います」

葵は素直にカウンター席に腰を下ろした。早くも、抵抗は時間の無駄だとわかっている。合理的な元妻にそっくりだ。

「お姉さん、早く座ってや」

呆然と立ちすくむめぐみに、葵が言った。

「……わかったわよ」

十代の小娘に言われて、めぐみも渋々とカウンター席へ腰を下ろした。

「ありがとう。数年に一度あるかないかのいいステージだ」

立浪が昂揚した顔で天井を仰ぐ。ちょうど、立浪の彫りの深い顔にライトが当たり、ピンスポットを受ける舞台俳優のように見えた。

「あの……ゲームとは何ですか」

私が、恐る恐る訊いた。助かる見込みが一パーセントでもあるのなら、立浪の酔狂に全力をつくすしかない。

「人間とは、自分の運命を支配する自由な者である」立浪が、頭を下げて私を見た。

「マルクスの言葉だ」

「だから何やねん」

葵が横槍《よこやり》を入れる。

「良彦。お前に選択権を与える。今ここでめぐみを抱くか、俺が娘を犯すのを見学するか。どっちを選ぶ？」

「ふ、ふざけるな！」

私は自分でも驚くぐらい大きな声で怒鳴った。葵とめぐみが同時にビクリと肩を震わせる。

「俺の人生にふざける時間などない」

対照的に立浪は落ち着き払っていた。ベテランの舞台俳優のように優雅な動きで銃を構える。

「そんな選択、できるわけがないだろ！」

私は、眉間に向けられた銃口に向かって叫んだ。

「人生は選択の連続だ。そして、その選択は決して変更できない。どんな権力を持つ者でも、不幸のどん底で喘《あえ》ぐ弱者でも、条件は同じだ。いつもと違う道を歩いたことによって事故や通り魔に遭うかもしれない。愛する女の選択を間違って人生を破滅させるものもいれば、浮気によって勝者になりあがる奴もいる」

「勝者？　浮気で？」

めぐみが眉間に深い皺を寄せた。

「めぐみ、お前のことだ」

「は？　何言ってんのよ？」

「さすが、女優だけあって演技は達者だな」

「わたしが勝者なわけがないでしょ！　恋人が殺されたのよ！」

立浪が、地獄の底から湧き出たような低い声を店中に響き渡した。

「殺して欲しかったんだろ。その男を」

13

な、何だって？

私は、呆然となりながらめぐみの顔を見た。微《かす》かに、めぐみの頬がピクピクと痙攣《けいれん》している。

「め、めぐみ、どういうことだ？」

さらにめぐみの頬の痙攣が激しくなる。

「あんたには関係ないでしょ」

あんた？

めぐみの口から、そんな言葉が出てくるとは思いもよらなかった。ここでアルバイトをしているときのめぐみとは、まったくの別人の顔になっている。

「彼氏を殺して欲しくて、今夜、俺をこのステーキハウスに誘導したのか？」

わけがわからない。何の話をしてる？

私の混乱は加速度を増し、ぶっ壊れた洗濯機みたいにガタガタ音を立てて、ありえない速度で回転を始めた。

さっき翔太が殺されたのは、めぐみが仕掛けた罠ってことか？

いや、それにしては偶発的な要素が多過ぎるし、そもそも、立浪が拳銃を持ってやってくることなんて、知ってるわけがない。

「とんちんかんな推理はやめてよね。証拠はあるの？」

少し落ち着きを取り戻しためぐみが反撃に出る。

立浪は、まだ舞台俳優のような優雅な口調を続けている。

「あるとも言えるし、ないとも言える。真実はまだ、闇から顔を覗かせてもいない。もし、このステーキハウスに真実の神がいたとしても、答えを引き出すことはできないだろう」

「は？　なにそれ。バッカじゃない」

めぐみが吐き捨てるように言った。

「鍵となるのは、良彦だ」

立浪が、ニンマリと微笑む。

「えっ……わ、私ですか？」

「まだ気づかないのか？」

嫌な汗が全身の毛穴から噴き出してくる。喉が焼けるように熱い。

「もし、良彦が本当に鏡子と肉体関係をもっていなかったのなら、今夜の出来事は誰かが仕組んだものになるだろう」

私は硬いコンクリートの塊で脳天を殴られたような衝撃を受けた。鏡子とは、不倫をしていない。それは神に誓ってもいい。立浪が突きつけてきた理不尽な証拠だって、何の心当たりもない。つまりこれらは全部、めぐみが用意したものだっていうのか。てっきり、ラブホテルのベッドだと思っていたのは、シーツを変えた私の部屋のベッドということもあるのかもしれない。何度かひどく酔っぱらって、めぐみとセックスもせずに眠ったことがある。その状態であれば、全裸の写真を撮られても気づかない。

「き、君がハメたのか……」

もう、めぐみとも呼べない。

「それはまだわからない」立浪が私の疑念を遮った。「お前が無実を証明すれば、めぐみが黒幕だと認めよう」

「黒幕って何？　B級サスペンスの映画じゃないんだから」

めぐみが腰に両手を置き、鼻を鳴らした。何とも堂に入った悪女ぶりである。

「B級の女にはピッタリの設定だな」

立浪も掃除機のような鼻息でやり返す。

「わたしがB級ですって？」

めぐみの頬がまたピクピクと痙攣した。

誰がどう見ても一般的にはA級である。街を歩けば、どの男もめぐみを見て振り返るし、振り返らない男はゲイだとしか考えられない。実際、私もめぐみを抱いて、至福の喜びを感じた。

それなのに……。

胃の奥がギュッと痛くなる。ゲロというよりは血の塊を吐き出したい気分になってきた。

「わたしが……わたしが……」

めぐみがワナワナと震え出した。震えるたびに自慢の豊満な巨乳がプルプルと揺れるが、今の私はそれを見ても何も感じなかった。

「どうした？　でっかいウンコでもしたいのか？」

立浪が太い両眉を上げて挑発する。

「わたしがB級ですって！」

めぐみの全身は、髪の毛が逆立ちそうなほど怒気を帯びていた。足元で死んでいる恋人の髪の毛を踏んでいることにも気づいていない。顔もまるで、般若のようだ。

めぐみはどこだ？　あれだけ甘く愛しあっためぐみを返してくれ！　私は、本性を現しためぐみに問い詰めたくなった。

「いよいよ本性が出たな。ここでのアルバイトで臭い芝居をしていたのも、初日からわかっていた」

「嘘だね。じゃあ、何でクビにしなかったのさ」

めぐみは口調まで変わっている。私はもう、一生女を信じることができなくなるだろう。

「唯一、その胸の谷間にだけは商品価値があったからな」

「安い給料でコキ使ったくせに」

「安い女には充分過ぎる額だったはずだ」

「こ、殺してやる」

めぐみの目が真っ赤に染まる。

そんな様子を、葵は表情ひとつ変えずに見ていた。一体、この子のメンタルもどうなっているんだ？　今さらながら、血の繋《つな》がった親子とは思えない。

「自分の手を汚さずに、邪魔者を消す。もう少しで完全犯罪だったのにな」

立浪が、銃口をめぐみに向けた。

「万が一、わたしがそんなことを企《たくら》んでいたのだとしても、わたしは何もしていない。罪に問われるのはあなたよ」

めぐみも一歩も退《ひ》かない。勝ち目のない怪物に果敢にも戦いを挑んでいる。

「罪？」立浪が大げさに目を見開く。「裁くのは俺だ」

「ここでわたしを殺すつもりなの？」

「良彦の無実が証明されたらな」

何だ、この展開は？　急に風向きが変わってきたぞ。

私は、小躍りしそうになった。数分前までは私だけが絶体絶命だったのに、今はめぐみが追い詰められている。

助かるかもしれない。そのためには何としても鏡子と浮気をしていないことを証明することだ。でも、どうやって？

「何様のつもりなの？」めぐみが、あろうことか立浪に近づいた。「あなたは人殺しなのよ？　翔太を殺したのよ」

「ああ。自分の妻も殺してきた。それがどうした？」

「ぐっ……」

めぐみが言葉を詰まらせる。

――それがどうした？――

人を殺《あや》めておきながら、その言葉を堂々と発する立浪には、何の怯えもブレもない。

私が無実を証明したところで、やはり殺される可能性のほうが高そうだ。

「死体の処理は良彦にやってもらうからな」

「えっ？　わ、私ですか……」

私は、あんぐりと口を開けた。

「そうだ」

立浪が真顔で答える。

「なぜ、私がそんなことをしなければいけないんですか」

「ここはお前の店だろうが」

「し、しかし……」

「店を掃除するのも大切な仕事だろ。それに肉を切るのはお前が何よりも得意なはずだ」

　自分で殺しておいて何を言ってるんだよ。この男には理屈というものがないのか。

「ちょっと、それっておかしない？」葵が割って入ってきた。「パパの無実が証明されたら、解放されてええんちゃうの？　なんでパパがこの男の人の死体を処理せなあかんのよ？」

「この男だけではない」

「えっ？」

　葵が、思わずめぐみを見た。

「良彦には二つ処理してもらう」

　翔太とめぐみの死体ってことか。

「めちゃくちゃやんか」

「いいんだ、葵」

私は娘をたしなめた。せっかくいい流れがきているのだ、立浪にヘソを曲げてもらいたくはない。

「はあ？　納得してんの？」

葵の軽蔑の眼差しが痛い。

もし、運良く今夜の危機を乗り切ったとしても、葵はもう私を父親としては見てくれないだろう。

……仕方ない。元々、最低な父親なのだ。今、私にできることは、葵をこの場から無事に帰すこと。それができれば、自分の命を捧《ささ》げてもいい。

「納得はしていない」

私は静かながら、父親としての威厳を込めて葵に言った。

「じゃあ、なんでこんな男の言いなりになんのよ。まるで、奴隷みたいやんか」

葵の目が潤んでいる。

「すまん」

「謝らんとってや」

「本当にすまない」

私の目にも涙が滲《にじ》む。ずっと立浪の元で働いてきたが、魂まで売り飛ばしたつもりはなかった。だが、実際はどうだ？　自分の魂はどこにある？　少なくとも、このステーキハウスにはない。

「さて、ゲームを再開するか」

立浪が、カウンター席に腰を下ろす。銃は握りしめたままだ。

まずは、この銃を何とかしなければならない。もちろん、体力でも敵わないが、立浪が素手になればまだ勝機はある。

「何がゲームよ」

めぐみが吐き捨てるように言った。

「良彦、無実を証明してみろ」

勇気を振り絞れ。一パーセントの可能性に賭《か》けろ。私は、震える声で立浪に頼んだ。

「鏡子さんに電話をさせてください」

「何だと？」

立浪の太い眉が微かに痙攣する。

動揺しているのか？　それとも怒りを堪えているのか？　感情を読み違えると大変

なことになる。ここは慎重かつ、大胆に攻めなくてはならない。ステーキを焼くのと同じだ。

「聞こえませんでしたか？　鏡子さんに電話させてください」

「寝ぼけているのか、お前」

「なに言ってんのよ、そこにあるのが、鏡子さんのスマホなんでしょ」

めぐみが呆れた顔で、カウンターに置いてあるピンクのカバーをつけたスマートフォンを指す。

「自宅に電話させてください」

「ふざけるな。鏡子は俺が殺した」

「証拠がありません」

「そうきたか」

立浪が鼻で笑った。しかし、さっきまでの余裕がわずかに揺らいだように見える。気のせいか？　いや、ここは自分の直感に従え。

「このスマホとあなたの言葉だけでは信じることはできません。もし、本当に鏡子さんが死んだのならば、自宅にかけても問題はないですよね」

「勝手にしろ」

立浪がピンクのスマホをいじり、自宅にかけて私に渡した。その動きにまったく淀《よど》みがない。

やはり、鏡子は死んでいるのか？

しかし、ここで引き下がるわけにはいかない。私は、ピンクのスマートフォンを耳に当て、鏡子が電話に出てくれるのを息を呑んで待った。

呼び出しのコールが十回を超える。まだ出ない。

「どうした？」

立浪が、カウンターの上の冷めたステーキにナイフをブスリと突き刺し、口に放り込む。わざとらしく、クチャクチャと音を立てて、私にプレッシャーをかける。肉と立浪の口臭が混ざった匂いが、ここまで漂ってきた。

クソッ……やはり、立浪は鏡子を本当に殺したのか？　葵とめぐみが、焦る私を見守っている。鏡子が生きていなければ、他の証明を考えなければならない。

呼び出しのコールが二十回を超えた。

「諦めろ。幽霊は電話には出ないぞ」

立浪が、勝ち誇った顔で口の中の肉を飲み込む。ピンポン玉よりも大きなのど仏がゴクリと動いた。

「……わかりました」

私は通話を切り、ピンクのスマートフォンを立浪に返した。

「満足したか？」

「いいえ」

単なる直感ではあるが、どうしても鏡子が死んでいるとは思えなかった。立浪には何かを隠しているような気配がある。

「お前が満足しようがしまいが、ゲームを始めるぞ」

立浪が、おごそかな声で言った。

ゲームだと……。

立浪が言うからには、まともなルールなわけがない。私は、下腹に力を入れて腹を括《くく》った。

「どんなゲームなんよ」

葵が、立浪を鋭く睨む。

勇気があることは素晴らしいが、ときにはそれが命取りになることを娘に教えなければいけない。それも、今夜が無事に終わればの話ではあるが。

「真実をあぶりだすゲームをしよう」立浪が、もったいぶった口調で言った。「まずはタイムリミットを決めようか」

「時間制限なんてあるの？」

葵が食ってかかる。

「当たり前だ。いつまでもダラダラ続けても面白くはないだろう。サッカーが野球よりも世界的に人気があるのは、九十分で必ず決着がつくからだ」

「リーグ戦なら引き分けもあるけどね」

めぐみも負けていない。明らかに、私よりも二人の若い女のほうが度胸があるではないか。

ちくしょう……。セレブたちの前で、媚びへつらって肉を焼いているうちに、私は完全に男の部分を失っていたのか。

でも、今夜、取り返す。男になり、父親となる。

立浪が人差し指を立て、独裁者のような笑みを浮かべた。

「一時間だ。ちょうど、キリがいいだろ」

「えっ？」

私が思わず声を上げた。

「何だ、不満か？　俺からすれば、これでもかなりサービスしているつもりだぞ。なんなら三十分にしてやろうか」

立浪がジロリと目を見開き、私を威圧する。つい、反射的に目を逸らしてしまった。いくら覚悟を決めても、この目で睨まれるとどうしても虎の檻に放り込まれた気分になる。いや、虎というよりは白熊か。

「一時間でええよ」葵が勝手に答えた。「パパも不満はないよね」

「あ、ああ……」

「ウチは信じてるから」

「わかった。一時間で無実を証明してみせる」

娘よ、何を信じてくれているのだ？　怖くて、その先が訊けない。どう考えても時間は足りないが、やるしかない。

「この店から出てもいいですか」

私はおずおずと立浪に訊いた。

「ダメだ」

「どうしてですか」

「逃げるに決まってるからだろ」

「絶対に逃げません」

立浪が嘲笑《あざわら》う。喉の奥から、壊れた掃除機のような音がした。ブラックホールみたいにすべてを飲み込んでしまう掃除機だ。

「店を出てどこに行くつもりだ」

「あなたの家です」

「あん？」

立浪が、ふたたび銃の引き金に指をかけた。

ビビるな！　ここで負けたら、人生が終わるんだぞ！

「立浪さんの家に行かせてください」

私は、立浪の目をじっと見つめた。その巨大な二つの目は地獄の釜のように真っ赤に煮えたぎっている。

「おれの家に行ってどうする？」

「鏡子さんの死体を確認します」

「それがお前の無実の証明になるとでも思ってるのか」

「鏡子さんが生きていれば証明になるじゃないですか」

「死んでいると言ったろ」

立浪が了承するわけがない。しかし、そこにしか突破口がないのだ。

「死んでるなら、死体を見せてあげればいいじゃない」

「そうやわ。何の問題もないやんか」

めぐみと葵が私に加勢をする。複雑な心境ではあるが、八方ふさがりの私にとっては強い味方である。

「このステーキハウスからは一歩も外に出てはいけない。それがルールだ」

立浪が、有無を言わせない口調で宣言する。

「そんなん、ずるいわ……自分だけルールを決めるなんて」

葵が怒りで顔を赤くして、地団太を踏んだ。私のために怒ってくれているのではなく、曲がったことが許せないのだ。

「お嬢ちゃんのパパが俺の妻を殺したようなもんだからな」

めちゃくちゃな理論だ。

「それだったら、わたしも恋人を殺されたわ」

めぐみが大きな胸をばいんと張って主張する。

「俺とお前とは根本的に違う」

「違わないわよ。わたしにもルールを決める権利はあるわよ」

「愉快な女だな」

立浪は、笑い続けた。ずっと、このステーキハウスでの出来事をまるで余興か何かのように味わっている。

立浪は、紛れもなく狂っているのだ。

いや……違う。立浪だけが狂っていない。そう思わせる圧倒的なカリスマ性と揺るぎない真実がある。私と立浪を同じ秤《はかり》にかけることは神への冒瀆なのだ。死体が転がっている空間で、立浪のペースに巻き込まれてゲームをしようとしている私たちは、もはや正気ではない。

「馬鹿にしないでよね。わたしはなめられるのが一番ムカつくの」

めぐみが、また頬の筋肉をひきつらせる。

「俺は生まれてこのかた、一度も他人を馬鹿にしたことなどない」

「嘘よ」

「他人を馬鹿にしたところでどうなる？　金が貰えるのか？　ただの時間の無駄だろう。気に入らない奴がいれば、排除すればいい。他人のためにストレスを抱えるなど愚の骨頂だろうが」

「ウチもそう思うわ」

葵が、立浪に賛成した。腕を組んではいるが、納得した表情だ。

「おい、葵。何を言ってるんだ」

私は思わず娘に訊いた。

「だって、その通りなんやもん」

「やはり、この中ではお前が一番見込みがあるな」

立浪がキャッチャーミットのような大きな手で葵の頭を撫でた。なぜか、葵は抵抗しようとしない。

「やめろ。娘に触るな」

「褒めているだけだ。パパの代わりにな」

立浪の言葉が氷の矢となって、私の胸に突き刺さる。

葵の頭を撫でて褒めたのは、いつの日のことだろうか？　まったく記憶にない。もしかすると、葵の頭を撫でて褒めてあげたこと自体がないのかもしれない。薄ら寒くなった。

「あんたに褒められてもいっこも嬉しくないわ」

葵が、立浪の丸太のような腕を払いのける。

私は、その態度にホッとした。

「珍しいな。褒めて伸びるタイプじゃなかったのか」

「調子に乗らんとって。ウチはあんたに洗脳されるほど馬鹿とちゃうし」

「ますます、いい。いとも簡単に洗脳された良彦と親子だとは思えないな」

父親の私さえもそう思っている。

「もしかして、血が繋がってなかったりして」

めぐみが、横から痛烈な皮肉を言った。

「そんなわけないだろう」

「わからないわよ。だって、人間は裏切る生き物だもの」

その通りだ。だからこそ、今こうやって苦しんでいる。

「パパ、時間が勿体《もったい》ないで」

葵が手を叩いて私を急《せ》かした。どこまでも冷静な娘である。

「どうしてもゲームをするっていうなら、わたしがルールを決める！」

めぐみがしつこく食い下がる。

「じゃあ、お前のルールとやらを聞こうか。主導権を譲ってやってもいいぞ。運命が弄ばれる様を見るのも悪くない」

立浪が、めぐみを見て言った。

「へえ、採用してくれるんだ」

「面白いルールだったらな」

面白いだと？　ふざけるな！　人の命がかかってるんだぞ！　私は、怒鳴りつけたい衝動を必死で抑えた。

「真実をあぶり出せればいいのよね？　だったらいいゲームを考えたわ」

めぐみが得意げにまた胸を張り、マスクメロンのような巨乳を揺らす。この女といい、葵といい、どこまでタフにできているのだろう。

「手短かにしてや」

葵が釘を刺す。

「わかってるわよ。小娘は黙ってなさい」

「パパの時間は一時間しかないねんで」

「それはわたしの時間でもあるの」

女たちは一歩も退かず、睨み合う。

「君の考えたルールを聞かせてくれ」

私は、急かすようにめぐみに言った。時間は無情にも過ぎていく。人生で経験したことのない焦りで、全身の毛穴から汗が噴き出してきた。

「嘘はつかないこと」

めぐみがわざとゆっくり言った。

「この状況でか？」立浪が呆れた顔で眉をひそめる。「くだらんルールだ。却下させてもらうぞ」

「まだ終わってないわ」

「何？」

「絶対に嘘をつけないよう、縛りをもうけるの」

「……続けろ」

「二人一組でチームになるの。四人いるからちょうどいいでしょ」

14

「ほう」

立浪が身を乗り出した。

「チーム？　どういうことだ？」

私は、すぐさま理解できず、めぐみに訊いた。

「コンビを組むのよ」

「誰と誰が？」

「それは今から決めましょうよ」

「ど、どうやって？」

言うまでもないが、コンビを組むなら、葵と親子でコンビになりたい。ただ、チームでどういう戦いをするのかわからない以上は、下手には動けなかった。

「ジャンケンはどうかしら？」

めぐみがあっけらかんと答えた。ヤケクソになっているのか、立浪に向けてハッタリを見せているのか判断がつかない。

「はあ？　そんなもので決めてたまるかよ」

「いいじゃない。ジャンケンで勝ったものがパートナーを指名できるの。面白いでしょ？」

めぐみが横目で立浪を見る。

「実に面白い」

立浪がレンガのような顎を撫でながら頷いた。

「じゃあ、決定ね！　ジャンケンするわよ！」

「ダメだ！」

私は、強引に進めようとするめぐみを止めた。私と娘の大切な運命をジャンケンなどに委ねるなんて、あまりに馬鹿げている。

「他に代案があるのか？」

立浪が、銃口を私の額に向けて威圧する。

「……ありません」

「ならば、ジャンケンをしろ」

この流れを止めることはできないのか。

「ウチはジャンケンでもかまわへんで」

葵が、私を見つめながら言った。だが、それは父親を救う優しい目ではなく、責めるような厳しい視線だ。

これが、本当に自分の娘なのか？　一体、あの純粋で可愛らしかった葵に何があったのだろうか？　もしくは、娘のことを何も知らなかっただけなのか？　混乱に次ぐ混乱に、私は吐き気を覚えた。

「多数決ね」

めぐみが、勢いよく右手の拳を振り上げる。とうとうはじまってしまった。

「ジャンケン、ホイ！」

四人が同時に手を出した。

チョキ、チョキ、チョキ、パー。パーは私だ。

「ジャンケンも弱いのか、良彦」

立浪がからかってきた。めぐみまで小馬鹿にして口の端を歪めている。葵は無表情で私を見ようともしない。

「くそっ……」

私は、広げた手のひらを強く握り締めた。

運命は、いつも一瞬で決まってしまう。あとは、葵に託すしかない。

「ジャンケン、ホイ！」

グー、グー、チョキ。

負けたのは、めぐみだった。舌打ちをして悔しがる。

「さて、どちらが勝者になるかな」

立浪が、岩のような拳を上げた。

めぐみがふてくされながらも掛け声を出す。

「ジャンケン、ホイ！」

お願いだ！　葵！　勝ってくれ！　私は、心の中で絶叫した。葵が勝ってくれさえすれば、親子でコンビを組める。

勢いよく、立浪の手と葵の手が突き出された。グーとグー。引き分けである。私は緊張で、自分の拳を強く握りしめた。

「俺たちは似た者同士だな」

立浪が、柔らかく微笑む。見守るような優しい表情だ。

「あんたなんかと一緒にせんとって」

「お前の思考が読めるぞ。次もグーを出すつもりだろ?」

「その手には乗らへんよ」

立浪の駆け引きだ。百戦錬磨の怪物に十七歳の小娘が勝てるわけがない。

「予言してやる。次も引き分けだ」

立浪が自信たっぷりに宣言した。

「やれるものならやってみ!」

葵が鼻息荒く、拳を振り上げる。

「いくわよ」

めぐみが面倒臭そうに掛け声を続ける。

「あいこで、ほい！」

グーとグー。また引き分けだ。

「ほらな。やはり、グーだろ」

立浪が悦に入る。

「その頑固さは俺とそっくりだな」

しかし、今度は葵が反撃をした。

「予言するわ。あんたは、次、パーを出すで」

「俺がパーならば、お前はチョキを出して勝つのか」

「うん。絶対に勝つ」

「そこまで言うなら、パーを出してやるよ」

葵、信じるなよ。立浪が自ら負けを選ぶはずがないぞ。

私は、娘と怪物との駆け引きを固唾《かたず》を飲んで見守った。何の手助けもできない自分が歯痒《はがゆ》くて仕方がない。

「次こそは決めてよね。ジャンケン、ホイ！」

めぐみの掛け声に合わせて、葵と立浪が力強く腕を出した。

葵がチョキ。立浪がパーだった。

「ほらな。やっぱり、ウチが勝ったやろ」

葵がそのまま、ピースサインを私に送る。

……ありえない。立浪は、わざと負けたというのか。立浪の表情には悔しさが微塵もなく、満足げですらある。奴の狙いは何だ？　得体の知れない恐怖に、私の背筋は寒くなった。

「時間がないんでしょ。さっさとコンビを組むパートナーを選びなさいよ」

めぐみが、葵を急かす。

不気味なこのゲームを、親子で乗り切れるのはよかった。残された時間で、全力で戦うしかない。

「うちは、めぐみさんと組む」

葵が真剣な顔で言った。

「えっ？　葵……今、何と言った？」

私は、我を失いそうになるのを懸命に堪えて訊いた。聞き違いだ。そうに決まっている。

「ウチはめぐみさんと組みたい」

「ほ、本気か？」

「うん」

葵がまったく迷いのない顔で頷く。

「じょ、冗談だよな？」

混乱の極みである。目がチカチカして、頭の奥が痺れてきた。

「こんなときに冗談なんか言うわけないやんか。しかも、おもんないし」

「充分に面白いぞ」

立浪が目を輝かせて、大喜びする。

「どうして、わたしと組みたいのよ」

めぐみが葵に訊いた。

「直感。なんとなく、そっちのほうがいいと思ってん」

「大切なときこそ、直感に身を預けられる奴が、真の成功を摑む」

立浪は、さっきから葵をベタ褒めだ。挑発だとわかっていても、葵が褒められるたびにイラついてしまう。

「それに、この中ではめぐみさんが一番ずるがしこそうでしょ」

「まあ、女だからね」

「だから、よろしくお願いします」

葵が、けなげに頭を下げた。

私は完全なパニック状態に陥った。ステーキハウスの天井や壁や床が、グニャグニャと曲がっている。酸っぱい胃液が喉元まで一気にせり上がり、私は我慢できずにゴミ箱に吐いた。

ビチャビチャ。ゲロの音と私の嗚咽《おえつ》が、ステーキハウスに響き渡る。

「おいおい、吐いてる場合じゃねえぞ、相棒」

頭の上から、立浪のおどけた声が聞こえた。

やめろ。お前に相棒なんて言われたくない。

「パパ、あと五十分しかないで」

わかってるよ、葵。

私は、強制的にゲロを止めて頭を上げた。

「スッキリした？　こっちは臭いけど」

めぐみが憐《あわ》れむような目で見る。

「ああ、なんとかな」

涙で視界が滲んではいるが、天井や壁は元に戻った。

「コンビごとに分かれようか」

立浪の提案で、葵とめぐみはカウンターに座った。

「おれはこっちだな」

立浪の巨体がカウンターの中に入り、私の隣に並んだ。

せ、狭い……。とんでもない圧迫感である。しかも、ついさっき、ステーキを食べたせいか、立浪の全身からニンニクの臭いが漂ってくる。

「よろしく頼むぜ、相棒」

立浪がキャッチャーミットみたいな手を差し出した。

「な、何ですか？」

「馬鹿野郎！　握手だよ！」

「あ、は、はい」

おずおずと伸ばした私の手を立浪がガッシリと摑む。まるで、サメにかぶりつかれたような感じである。

「さてと、これでチーム分けができたわけだから、ルールを説明させてもらうわね」

めぐみが、相変わらず、面倒臭そうに言った。

「簡潔にわかりやすくお願いやで」

葵が急かす。

「わかってるわよ。何かと偉そうなガキね」

「ガキにとやかく言われてる自分を情けなく思ったらどうなんよ」

おいおい、仲良くしてくれよ。今から何が始まるかわからないが、葵のいるそっちのチームが頼みの綱なのだ。

「早くしろ」

痺れを切らした立浪が言った。

「インディアン・ポーカーってご存じ？」

めぐみが気を取り直し、説明を再開する。

「なるほど」立浪がすぐに頷いた。「そうきたか」

インディアン・ポーカー？　どこかで聞いたことがあるような気がしないでもない

が、ルールはまったくわからない。

「な、なんですか、それ？」

私は、恐る恐る立浪に訊いた。

「トランプをおでこに貼るんだよ」

「はい？」

「おでこに貼ればトランプが見えないだろ？　相手の顔色で勝負するんだよ」

「は、はあ……」

立浪の説明がド下手なので、何を言ってるのかわからない。

「わかりやすく教えてや」

葵が、めぐみにお願いした。

「インディアン・ポーカーでは、プレイヤーが手札一枚で勝負をするの」

「数字が大きいほうが勝ち？」

「そう。でも、プレイヤーは自分の数字を見ることはできず、額にかざして、対戦相手には見せるの。トランプを額にかざす姿がインディアンの羽飾りみたいでしょ」

「敵の数字は見ることができるんや」

「だから、相手の顔色で自分の数字を予想し、勝負するか降りるか判断するわけ」

「相手を混乱させるために、わざと大げさな表情をしてもいいの？」

「そういう駆け引きもありよ」

他人の顔色を読む。私が苦手なことである。

「こんなときに、トランプをするのか？」

腸《はらわた》が煮えくり返りまくっておかしくなりそうだ。いや、異常な緊張感に、すでにこの場にいる全員がおかしくなっているのかもしれない。

「パパ、トランプあるの？」

葵が不安げに訊いた。

「そんなものない。ここはお肉を食べるところだ」

「トランプは使わないわよ」めぐみがため息まじりで言った。「遊びじゃないんだからさ」

「じゃあ、何を使うんだ？」

「このお店に置いてあるものよ。それに、相手の顔色を窺《うかが》うゲームをするっていうだけで、インディアン・ポーカーそのものをやるわけではないわ」

私の苛立ちはとっくに限界を超えていた。めぐみの回りくどい言い方は、わざと時間を潰しているようにしか思えない。

「イライラするなよ、相棒。ストレスは万病の元だぞ」

隣の立浪が、馴れ馴れしく私の肩に手を置いた。

あんたが、諸悪の根源なんだよ！　そもそも今夜殺されてしまえば、ストレスや病気は関係ないだろ。

「紙とペンを用意してくれる？」

めぐみが、私に命令した。

「どんな紙だ？」

「メモ用紙でいいわ」

「これじゃあ、ダメなのか？」

立浪がカウンターに手を伸ばし、ペーパーナプキンを取った。

「字が書けるのなら、何でもいいわよ」

「良彦、試してみろ」

立浪に命令され、私はカウンター脇のレジにあったボールペンで、ナプキンに試し書きをした。

「どう？」

「書きにくいが書けなくはない」

「見せて」

めぐみが手を伸ばし、私からナプキンを受け取る。

「まあ、いいでしょ。二重になってるし、裏からは透けてないし」

「このナプキンをどうやって使うんよ」

葵が、めぐみを急かす。我が娘は、どんなときでも冷静だ。

「今からおこなうゲームは、真実ゲームよ」

「は？　真実ゲーム？」

私は、思わず口をぽかんと開けた。

「何やの、それ？」

「相手のチームに質問をする。された側は答える。どうシンプルでしょ？」

めぐみが、得意げに両眉を上げた。

「ナプキンに質問の答えを書くのか？」

「そう。質問には嘘で答えてもいいけど、ナプキンには必ず真実を書かなければならない」

「何、そのゲーム？　そんなん、ナプキンにも嘘を書いてもそれが本当かどうかわからんやんか！」

葵が早くもゲームの弱点を指摘した。

「たしかにそうよね。嘘を書けば済む話だもんね」

めぐみが、開き直ったような顔で答える。

「でもね、本当にそれでいいのかしら」

「何が言いたい？」

立浪が、低い声で訊いた。

「ここにいるのは、人生で最悪の出来事に遭遇した人間たちじゃない。妻を殺した男、浮気を疑われ殺されそうになってる男、父親が殺されるかもしれない娘」

めぐみが、立浪、私、葵と順に品定めをするように見ていく。

「そういうお前は、恋人を俺に殺されたもんな」

「ここにいる人間たちは、みんな真実を知りたがっているのよ。もう、嘘は懲り懲りじゃない？」

「うん。もう嘘は嫌や」

葵が深く頷いた。

「だから、ナプキンには真実を必ず書くの。そして、そのナプキンは同じチームの相棒が預かる。そして、書く人間は各チームから一人ずつ出場する」

「相棒にナプキンに書いたことを読まれるのか」

私が訊いた。読まれるのなら、誰もが嘘を書くに決まっている。

「読むのは禁止。ただ、預かるだけ」

「何の意味がある？」

「インディアン・ポーカーと同じよ。相手の表情を読むの。相手が嘘をついているのか、真実を語っているのか」

葵がさらに頷く。

「もし、ナプキンに嘘を書いてたら、罰ゲームが必要やん」

「俺の出番だな」

立浪が、分厚い胸を張った。

出て来なくていいよ！　お前は！　私は心の中で叫んだ。

「嘘が発覚した人間には、キツいお仕置きをして欲しいの」

めぐみが、サディスティックな笑みを浮かべる。

「死んだほうがマシだと思うほどの拷問を用意するよ」

立浪のことだから、本当にそう思う拷問をいとも簡単に用意するのだろう。私は、身震いを通り越して、意識が遠くなった。

残り四十分。時間は、立浪よりも非情だ。

「じゃあ、もし、パパの無実が証明されたとしても、ナプキンに書いたことが嘘やったら、お仕置きされるわけなん？」

葵が、めぐみに的確な質問をした。

「そういうこと。今夜が無事に終わったとしても、真実のナプキンは立浪オーナーが保管するの」

「つまり、一カ月後や半年後や一年後でも、ナプキンの嘘がバレたら……」

「立浪オーナーに殺されることになるわね」

拷問だったんじゃないのかよ！

まあ、どっちにせよ、立浪が本気を出せば致命傷にはなるだろう。

「さっそくはじめようか」

立浪が、ウキウキとしながら言った。

絶対に嘘をつけないゲーム……。まるで、悪魔のアイデアだ。

15

「ジャンケン、ホイ」

今度は立浪に負けた。まるで、運命が私を嘲笑っているかのようだ。

「パパ、どんだけジャンケンに弱いんよ」

葵が、ため息混じりに肩を落とす。

「その点、俺は今までジャンケンに負けたことがないけどな」

立浪が真顔で言った。

「さっき、葵ちゃんに負けたくせに」

めぐみが、すかさず、揚げ足を取る。

「あれはわざと負けた」

「じゃあ勝とうと思えば勝てたの？」

「当たり前だ」

立浪がそういうと、本当にそう聞こえるから怖い。たとえ、ジャンケンであろうとも、この男に敗北という文字はないのかもしれない。

「早く決めてください……」

私は、悔しさを押し殺していった。

「そう自分を責めるな」

「立浪さんのチームは質問者ですか、回答者ですか？　選んでください」

めぐみが司会者気取りで言った。

「もちろん、回答者だ」

ちくしょう……。

運命が、とことん、私を裏切り続ける。まるで、死というゴールへと導かれているようだ。死にたくない。それも、娘の前で殺されるなんて、絶対にゴメンだ。

「パパ、ボーッとしたらあかん！」

娘の声で我に返る。そうだ、残された時間は、あまりにも少ないのだ。

「早くゲームをはじめてくれ」

私は、めぐみに頭を下げた。

「じゃあ、さっそく質問するわね」

「そっちのチームの質問者は誰だ？」

「私よ」

めぐみが、巨大な胸を張り、腰に手を置いた。

立浪が、巨大な体を反らす。

「こっちの回答者はまず俺だ。この俺に何を訊きたい？」

「そうね……」

めぐみが、意地悪な笑みを浮かべた。

「本当に奥さんを殺したのか教えてもらおうかしら」

いきなり核心をつきやがった！　時間がないとはいえ、いい度胸をしてやがる。私だったら、立浪の迫力に押されて、もう少しぬるい訊きかたになっただろう。

いざとなれば、女のほうが男より遥かに肝が据わる。この夜に何度も学んだ。

「いくらでも、答えてやる」

立浪が、動物園で退屈する熊のように鼻を鳴らす。

「まずはナプキンに書いてよね」

「そうだったな。面倒臭いぜ」

ボールペンを手に取った立浪が、全員に見えないようにスラスラと真実を記入する。

「書いたぜ」

「じゃあ、それを小さく折りたたんで、店長に渡して」

「オッケー」

立浪が特大ソーセージみたいな太い指で、器用にナプキンを折り、私に手渡した。

この中に真実がある……。見たい。でも見ることができないのがもどかしい。

「ありがとうございます」

思わず、お礼を言って、ナプキンをズボンのポケットに入れた。

引き続き、めぐみがゲームを進める。

「じゃあ、口頭で答えてちょうだい」

立浪がゆっくりと全員を見回す。

心臓が破裂しそうだ。とうとう運命のゲームが動き出した。もし、殺していないなら、私の無実がかなり近くなる。

「俺は鏡子を殺していない」

立浪が、厳かな声で言った。

……えっ？

ルールでは、質問には嘘で答えてもいい。しかし、今のは嘘をついているとは思えない。西麻布の住人なら誰でも知っていることだが、立浪は嘘などつかなくとも自由に生きていけるのだ。

立浪のハッタリなのか？　殺していないのなら鏡子は生きていることになる。私やめぐみを混乱させるつもりか。ポケットの中にあるナプキンに書かれた内容を今すぐ確認したい。私は、その誘惑を堪えつつ、めぐみに言った。

「次は、こっちの質問でいいのか？」

「どうぞ」

質問者は私、回答者は葵である。

親子で何を訊けばいい……。娘に質問したいことがわからない。そんなこと考えたこともなかった。彼氏はいるのか？　とか、本当にまだ処女なのかとか？　などのくだらない質問はしたいが……。

これで死ぬかもしれないのだ。照れている場合ではないだろう。

「パパ、何でも訊いてや」

葵が、私をじっと見つめた。薄く茶色みがかった瞳が、妻の優子そっくりだ。

私は呼吸を整え、静かに訊いた。

「私のことを本当に愛しているか？」

「何、その質問？」

めぐみが噴き出して、ケタケタと笑う。

「質問の意図がわからんな」

立浪も釣られて笑った。

「葵、答えてくれ。こんなパパでも、愛してくれるか？」

「わかった。答えるから待っといて」

葵は、表情を変えずに返し、ナプキンに真実を記入して、めぐみに渡した。

「無駄な質問で無駄な時間を費やしたな」

私の隣で、立浪が嫌味を言った。

「私にとっては必要なことですから」

私がムッとして言い返す。

「家族の愛ほどこの世で不必要なものはない」

立浪が生ゴミを見るような目で、私と葵を睨みつけた。わざとらしくゲップをして、悪臭をまき散らす。

「可哀想な人やね。本気で親に愛されたことも愛したこともないんやろ」

葵が負けじと言い返す。

「親子愛など幻想だ。人間は姿形もないものに振り回されている」

私を雇った理由は「愛だ」と言っていた立浪の本音は、所詮こんなもんか。だが、たしかに、立浪の言うとおりなのかもしれない。愛ほど不確かなものはない。ほんの些細《ささい》な裏切りで脆《もろ》くも崩れ、たやすく憎しみにも変化する。……だからこそ、人は愛にすがり、信じたくなるのだ。

「さあ、次は口頭で質問に答えて」

めぐみが、葵に言った。

「わからへん」

葵が、微かに目を潤ませて言った。

「それが答え？」

「うん」

申し訳なさそうに頷く葵に、私は胸が張り裂けそうになった。ある意味、一番聞きたくなかった答えだ。

「おいおい、愛してないんだってよ。残念だったな、パパ」

立浪がゲタゲタと笑い、私をまた馬鹿にした。

「愛してないとは言ってへんやろ！」

葵が、嚙みつくように反論する。

「じゃあ、わからないとは何なんだ？」

「だって、ほんまにわからへんねんもん。パパはウチにとってかけがえのない人やけど、ウチやママを傷つけたし」

「そ、そんなつもりはなかった」

私は慌てて否定した。でも、遅い。今夜では遅すぎる。

「パパの気持ちがどうであれ、ウチ傷ついたの！」

葵が、怒りに満ちた目で、私を睨みつけた。

「す、すまん……でも、パパにだって」

「もうええって！　これ以上醜い言い訳を重ねんとって！」

「はい……」

私は、娘に怒鳴られて、シュンと肩を落とした。情けないを通り越して、悲しい。

「さっそく、親子喧嘩か。なかなか、面白いゲームを思いついたもんだな」

立浪が、めぐみを褒めると、口許が少しゆるんだ。

「人は誰もが、真実を知りたいくせに、真実を口にできないですからね」

「俺はいつでも真実しか口にしないがな」

「オーナーは人間じゃありませんから」

「じゃあ、なんだよ」

「鬼でしょうね」

めぐみが真顔で答える。

「俺にとっては褒め言葉だな」

立浪が、満足げに笑った。この男とは長い付き合いになるが、これほどまでに上機嫌な姿を見るのは今夜が初めてだ。

「さあ、次の質問に行くわよ」

めぐみが仕切り直した。完全に彼女のペースだ。

「まだ、俺に訊くことがあるのか？」

「当たり前でしょ。ゲームはまだ続くんだから」

めぐみが、呆れて立浪を見る。

「くだらねえ」

立浪が豪快にあくびをし、眠たげに目を細めた。

さっきまで喜んでいたのに、もう飽きている。子供のようにわがままな男だ。

「じゃあ、いくわよ」めぐみが、立浪を無視して訊いた。「答えて。この店にはお宝がある？」

……お宝？　めぐみは何のことを言っているのだ。質問の意味がまったくわからない。

「なんだ、そりゃ？」

さすがの立浪もキョトンとしている。

「お宝はお宝よ」

めぐみが肩をすくめてトボけてみせた。

「……金か？」

「お金かもしれないし、宝石かもしれない」

「トボけるな。ハッキリ言ってみろ」

立浪が低い声でドスをきかせる。

「ハッキリ言ってもいいの？　この店に脱税しているお金が隠されているんじゃないの？」

16

「……誰から訊いた？」

いきなり立浪の眼光がナイフのように鋭くなる。

「お客さんたちのもっぱらの噂よ」

「俺の店はここだけじゃない」

「でも、なぜかこのステーキハウスが怪しいのよねえ」

めぐみが、ニヤつきながら店内を見回した。

そんな話は初耳だ。噂があるなら、店長の私の耳に入ってこないわけがない。

……めぐみのハッタリ？　もしくは、めぐみがどこからか仕入れた、たしかな情報なのか？

「相変わらず、貧乏人どもの妄想は、馬鹿馬鹿しいな」

「火のないところには煙は立たないわよ」

「お前は信じてるのか？」

「質問してるのはこっちよ。真実をナプキンに書きなさい」

「いいだろう」

立浪が苛つきを隠さず、乱暴にボールペンを取った。

「ちょっと待ってや！」

葵が鋭く叫び、それを制した。

「どうしたの？　葵ちゃん？」

「このおっさんが嘘を書いたときのペナルティーを考えてないやん!」

「俺にペナルティーだと」

「だって、それを決めないと不公平やんか」

葵は、立浪が相手でも怯むどころか、無謀にも立ち向かっている。

や、やめるんだ、葵……。私は、娘の暴走を止めたいが、上手く声が出なかった。

いや、出そうと思えば出せた。だがそれよりも、立浪の答えを聞きたい誘惑が勝って、やめろとは言えなかった。

立浪が、まだ眠たいのか、目を細めて頭を掻く。

「俺は嘘をつかない。つく意味がない」

「今回の質問はわからんやん。嘘をつくかもしらんやん」

「わかった。好きなペナルティーを決めろ」

立浪が、太い指で耳をほじりながら言った。

「何にする?」

葵が、顔を輝かせて、めぐみに訊いた。この状況になっても、少しも諦めていない。

「そうね……もし、ナプキンに書いたことが嘘だとわかったら……」

「どうするんだ？　煮るなり焼くなり好きにしろ」

しかし、めぐみは腕を組んだまま何も思いつかない様子だ。

「パパは？」

葵が私に水を向けてきた。

「えっ？」

「パパもペナルティーを考えて」

立浪にペナルティー？　この男に、そんなものが通用するのだろうか。通用しない。それどころか、殺しても簡単に蘇《よみがえ》ってきそうだ。

「遠慮せずに言えよ」

立浪が、ジロリと私を見た。

本人を目の前にして、言えるわけがないだろう。しかも、同じチームなのだ。

「ほらっ、パパ、早く言ってや」

葵が私を急かす。時間がないこともあり、下腹がむずむずとして焦ってきた。

「男らしく、ズバッと言いなさいよ。ほら、ほら」

めぐみも一緒になって煽ってくる。

「ペナルティーは……」

私は口ごもった。横目に入る立浪の視線が恐ろしい。睨まれるだけで小便を漏らしそうだ。

「パパ、時間がないで！」

ヤバい。残り三十分を切った。

「嘘だったら、俺の舌でも抜くか」

立浪が赤黒い舌を出してレロレロと動かした。

「決めました」

私は、咄嗟に思いついたアイデアを話すことにした。

「どんなペナルティー？」

めぐみが、目を輝かせる。

「このビルの屋上から飛び降りてもらう」

私は、勇気を振り絞って言った。もちろん、立浪の顔は直視できない。

「ほう、そうきたか」

立浪が、嬉しそうにニヤついている。

ダメだ。この男は、東京タワーのてっぺんから突き落としても死にそうにない。もっと、ハードなペナルティーにすればよかったか……。

「それでいいじゃん。このビルから飛び降りてもらうで決定！」

めぐみが、バラエティの司会者みたいに宣言した。勢いで決めてしまったが、これでよかったのだろうか。

「じゃあ、真実を書くぞ」

立浪が、ふたたびボールペンを取り、ナプキンに書き出した。何の迷いもなく書いている。つまり、この店に金など隠していないということなのか。私は、毎日隅々までこの店を掃除しているが、隠し場所らしきものはどこにもない。立浪ほど用心深い男が、自分の目の届かない場所に大金を隠すわけがないだろう。

「書いたぞ。持ってろ」

立浪が折りたたんだナプキンを私に渡す。これで、私のポケットには、立浪の真実が二つ入っていることになる。

「次は口頭で答えてよね」

めぐみが、強い口調で立浪に訊いた。葵もそうだが、どこまでメンタルが強い女だろうか。たとえ人類がゾンビに襲われて滅亡の危機に瀕《ひん》しても、最後まで生き残るタイプだ。

……ありえない。床には、彼氏の死体が転がっているんだぞ。肉を焼いて提供する店に、そんなものがあるなんて、皮肉にしてはヘビー過ぎる。ここにいる全員……立浪でさえも、もう正常な判断ができていないのだ。

「答えてやるよ」

立浪が、迫力のある低い声を出す。私はほんの少し、小便でパンツを濡《ぬ》らした。

「この店に金などない」

「ふうん」

めぐみが、大げさに目を細めた。犯人を追いつめる名探偵のようだ。

「なんだ、その顔は？」

「まあ、真実のナプキンを見ればいいことだけどね」

「見る？　お前に見せるわけがないだろう」

「見せてもらわなくてもいいわ。わたしが勝手に見るから」

めぐみが自信満々の顔で言った。

「お前、何を企んでいる？」

立浪が、カウンターから出てめぐみに近づいた。無意識に肩の筋肉がボコボコと動いている。

「やめてよ。こっちに来ないでよ」

「誰にそそのかされた？」

立浪のキャッチャーミットのような手が、めぐみの腕を掴んだ。ミシミシと骨がきしむ音がこちらにも聞こえてくる。

「痛い！　そそのかされたって何よ！」

めぐみが、立浪の手を振り払おうとするがビクともしない。

「ちょっと！　揉《も》めるのはゲームが終わってからにしてや！」

葵が怒鳴るも、立浪は無視してめぐみに質問を続けた。

「お前の低脳な頭では、こんなことを思いつかないだろう」

「こんなことって？」

「俺をハメようとしていることだよ」

ハメる？　立浪を？　そんなクソ度胸のある人間が、この西麻布にいるとは思えない。

「やっぱり、お宝をこのお店に隠してるのね」

「くどいぞ」

「嘘をつき慣れてないから、顔色でわかるのよ」

めぐみにそう言われた立浪が、もう片方の手で、めぐみの首を摑んだ。めぐみの体が床から五センチほど浮いた。

「首の骨をへし折られたいのか」

「……嫌」

「ならば吐け。お前の背後にいる人物の名を」

めぐみの顔があっという間に赤紫色に変わった。立浪は、相手が女でも容赦はしない。めぐみが苦しそうに足をバタつかせるが、さらに首を締め上げている。

「き……きょ……う……こ」

まさか……。私は、啞然《あぜん》として、立ちくらみを覚えた。

「おらっ、何を企んでるんだ！　全部吐け！」

立浪が、さらに力を込めて訊いた。

めぐみの顔がさらに紫色になっていく。

「どうした？　言え！」

立浪は我を失っているのか、いっこうに力を緩めようとしない。こんな立浪を見るのは初めてだ。

「やめてや！」

葵が立ち上がり、立浪の腕にしがみついた。

「葵、離れろ！」

私は、カウンターから飛び出し、葵を無理やり引き離した。娘まで首の骨を折られたら最悪だ。

「めぐみさんが死ぬやんか！」

「た、立浪さん……」

「パパ、止めて！」

止めてあげたいが、足がすくんでこれ以上近づけない。

「わ、わかってる」

「早く！」

葵に背中を押され、立浪とぶつかった。

「お前も殺されたいのか」

立浪の左手が、私の首を摑んだ。

「が……はっ……」

一瞬で意識が遠ざかる。太い指が私の首に万力のように食い込み、メキメキと骨を鳴らした。

お、折られる……。

「パパ！」

葵の絶叫も遠くに聞こえる。

「すべてを話せ」

立浪の右手が、めぐみを解放した。めぐみは咳《せ》き込んだままうずくまり、まともに話すことはできない。

こ……こっちも……放してくれ……。

立浪の左手首を両手で摑み、引き離そうとしてもビクともしない。こめかみの血管がブチ切れる寸前だ。

もうヤケクソだ。この状況から逃げられるのであれば、殺されるほうがマシかもしれない。

「は、話すから、店長を放してあげて」

めぐみがヨロヨロと立ち上がり、カウンターにもたれかかった。

「お願いします！　放してください！」

葵も泣きながら懇願する。

「了解」

立浪が締め付けていた左手を開き、意識が朦朧《もうろう》としている私を解放した。

何が了解だよ、この野郎！　私は、ひっくり返り、グルグルと回る天井を眺めた。

横隔膜が痙攣し、胃の中のものがせり上がってくる。

「パパ、大丈夫？」

駆け寄って私の顔を覗き込む葵の顔も回っている。

「いつ鏡子と手を組んだんだ？」

立浪が、めぐみに訊いた。

「……四年前よ」

「ほう、ずいぶんと前だな。狙いは金か」

つまり、このステーキハウスでバイトをする前だ。そう言えば、めぐみは鏡子の紹介でやってきたから、面接もせずに雇うことを即決した。鏡子とめぐみ……二人の女が、立浪の隠し財産を狙っていたなんて想像もできなかった。

「鏡子が話を持ちかけてきたのか」

立浪が質問を続ける。

「そうよ。鏡子さんとは、業界人のパーティーで知り合ったの」

不景気とはいえ、その手のパーティーは、この近辺では毎晩おこなわれている。最近は、ワインバーなども利用する小ぢんまりとしたものが多い。

「鏡子は何て言って近づいてきたんだ」

「びっくりしたわよ。『唸るような大金が欲しくない？』って言われたわ」

唸るほどの大金……。実に鏡子らしい表現である。

「続けろ」

立浪が憮然《ぶぜん》とした表情で言った。額に薄っすらと太い血管が浮いている。

「鏡子さんは、『立浪は、西麻布のステーキハウスに大金を隠している』と教えてくれたの」

「そんな戯言《ざれごと》を信じたのか？」

立浪が眉間に深い皺を寄せる。

立浪と付き合いの長い私には、そんな立浪の仕草がいつもより大げさに見えた。嘘をついているのか？　これまでの人生で嘘をつく必要のなかった男が……。それだけに嘘は下手くそなはずだ。

「鏡子さんは嘘をついてない」

「ふん。どうやって証明する」

「だって、金をこのステーキハウスに隠すのを手伝ったって」

めぐみが、舞台で使う腹式呼吸で強い口調で言った。立浪の表情に変化はないが、それが逆に怪しいとも言える。

「マジなん？」

葵が訊いた。

「本人に答えてもらいましょうよ」

めぐみが、大胆不敵にも立浪に近寄った。

なんて、クソ度胸のある女だ！　私は、豊満な胸を堂々と張って、立浪に立ち向かうめぐみを羨望の眼差しで見た。今のめぐみには、バイトのときのあどけなさは微塵もない。

……あれは、すべて、演技だったのか。私をはじめ、このステーキハウスの常連客たちは皆、騙されていたということになる。床にぶっ倒れて絶命しているめぐみの彼氏も、きっと本性は知らずにいたのだろう。

「全部、吐きなさいよ。この木偶《でく》の坊」

めぐみが立浪の目の前に立ち、顔を見上げて鼻を鳴らした。

こ、殺されるぞ！　私は、思わず、顔を背けそうになった。

「なるほどな」立浪が、意外にも嬉しそうに笑った。「鏡子を殺したのはお前か」

は？　なんだ、それ？

私と葵は、混乱して目を合わせた。めぐみが鏡子を殺すだと？

「てっきり、良彦が殺したかと思っていたぞ」

立浪は、殺していないのか……。

「えっ。めぐみさんが殺したん？」

葵があんぐりと口を開けた。

「それで間違いないな」

立浪が太い声で断言する。

「わけわからん。一体、なんなんよ！　東京って街は！」

葵が、頭を抱えて叫んだ。

「東京というよりは、この店が異常なだけだ」

私は、声を落として葵をなだめた。

「みんな狂ってるし！」

「そうだな……」

立浪のせいだ。立浪を中心に、すべてが歪み、暴走している。

「認めろ。鏡子を殺《や》ったな」

立浪がめぐみにプレッシャーをかける。

「や、殺ってないわよ」

気圧《けお》されためぐみは、ジリジリと下がり、助けを求めるかのように私を見た。

「寝室に置いてあった銃で撃ったな」

「撃ってない！」

「そもそも、鏡子の浮気相手はお前だろうが」

17

衝撃の発言に、腰が砕けそうになった。

「ほ、本当なのか？」

私は、ワナワナと声を震わせて訊いた。リアクションをどう取ればいいのかわからない。

めぐみが巨乳の前で腕を組み、フンと鼻を鳴らした。

「こ、これはマジの顔や……」

葵も啞然とする。

「そうよ。悪い？」

めぐみが、吐き捨てるように言った。

レズビアンだったのか……でも、私とも肉体関係があった。つまり〝バイ〟だ。

「じゃあ、パパとセックスしたのは何なん？」

葵が嫌悪感を丸出しにして訊いた。娘の口からセックスという言葉が出たこともショックだが、もう、何がなんだかわからなくなってきて泣きそうである。

「あんたのパパとは嫌々やってたのよ」

めぐみがカラカラと笑った。完全な悪女だ。

「全然、愛はなかったん？」

娘よ、それ以上言わないでくれ。

「愛してるわけないじゃん。わたしが愛してたのは鏡子さんだけよ」

「愛してたのに殺したのか」

立浪が、表情を変えずに言った。

「愛してたからとも言えるわね」

めぐみが、悪びれもせずに言った。

「禅問答《ぜんもんどう》ちゃうねんぞ！　何を粋《ほ》がってんねん！」

葵が、嚙み付かんばかりに吠える。大阪のヤンキーみたいな口調だ。

「殺したのか……」

私は、ため息のように呟いた。

「さあね。それはわからないわよ」

めぐみが、お茶目な表情でとぼけてみせた。独壇場を楽しんでいる。舞台で見たときより、遥かに輝いているではないか。

「どっちなんだ？　鏡子さんを殺したのか？　殺してないのか？」

「立浪さんは、奥さんを殺してないねんな？」

葵が、真剣な顔で立浪に訊いた。

「ああ、俺が帰宅したときには、ベッドで頭を撃たれて死んでいた」

「それも嘘かもよ」めぐみが、勝ち誇った顔になる。「この店の中では、もう真実が何かわからないんだから」

「そもそも、真実とは何だ？」

立浪が、疲れ切った顔で言った。いつもの立浪ではない。精神力を根こそぎ削り取られたような顔になっている。

「また禅問答かいな……」

葵が呆れて顔をしかめた。全員がクタクタだ。もう終わりにしたい。

めぐみが、ますます調子づいて言う。

「誰も嘘だと気づかないで、本人さえも信じ続けていれば、いつか真実になるんじゃない？」

「ナチスの人間が同じようなことを言ってたな」

立浪が深く頷き、同意する。

「どこからナチスが出てくんのよ」

葵が、不安げに私を見た。が、……情けない。父親として、娘をどう守ればいいのかわからない。

「鏡子の仇《かたき》をとる」

立浪が銃口をめぐみに向けた。

「私を殺していいの？」

「どういう意味だ」

「真実が闇に葬られるわよ」

「……どの真実だ？」

立浪がギリギリと歯を食いしばる音がここまで聞こえる。私が、その音を聞くのは初めてではなかった。

二年前に、一度、立浪の歯ぎしりを聞いたことがある。

その日、某有名政治家の息子が、このステーキハウスに来店した。三十歳にもなるというのに、政治家の息子は、ヤリコンサークルの大学生のノリだった。仲間うちの貸切パーティーなのをいいことに、連れ込んだ女たちと乱交まがいの遊びかたをしていた。

そこに、立浪が現れた。

「おい、良彦。こいつらは何やってんだ？」

「いや……その……」

「硬いこと言うなよ。せっかく楽しんでるんだからさあ」

政治家の息子は、半裸の女の胸を揉みしだきながら、登場した立浪に向かって挑発するように言った。

「俺が誰の息子かは知ってるよね？」

そのとき、立浪が怒りを堪えるために歯ぎしりをしたのだ。

立浪といえども逆らえる相手ではなかった。何せ、その息子の父親は、過去に首相を務めたことのある大人物だったのである。

「ごゆっくりお楽しみください」

その夜、立浪は引き下がった。

だが、この男がこのままでは終わるわけがない。

三日後、政治家の息子が通り魔に襲われて死んだと聞いても、私はさほど驚かなかった。通り魔といっても、普通の殺されかたではなかったのだ。警察の鑑識が、「ゴリラにでも襲われたのか」と真剣に悩むほどの死因だった。

政治家の息子の遺体を調べると、首の骨をはじめとする、全身二十カ所に骨折の痕が残っていたのだ。

18

そのときの歯ぎしりよりも、今夜は音が大きい。万力で金属をすり潰しているような音だ。

「うるさいわよ」

めぐみは少しビビりながらも、まだ強気な態度を崩さない。

「や、やめろ、めぐみ。殺されるぞ」

私は、声を震わせて忠告した。自分や葵にとばっちりがくるのだけはごめんだ。

「その覚悟はできてるわよ」

めぐみが唇を嚙み、ちらりと床に倒れている恋人の亡骸《なきがら》を見る。

「めぐみさんを殺さない理由はなんなん？」

葵が割って入り、立浪に訊いた。

「お、おい、葵！　何を言い出すんだ！」

「だって、おかしいやん！　すぐに殺さへん事情があるんやろ！」

「鋭いガキだな」

立浪が、歯ぎしりをやめた。

……事情だと？　この怪物にそんなものあるはずがないだろ！　これまでの人生、すべて思い通りに生きてきたのだ。どんな事情があろうとも、立浪は自分の思い通りにするはずである。

「さっさと葵ちゃんに事情を教えてあげたら？」

めぐみが腕を組み、下品極まりない態度で床に唾を吐いた。この女もなぜ、こんなに強気な態度に出られるのだろう。このステーキハウスには、私の知らない秘密が他にもあるというのか。

「あと二十分だ」

立浪がチラリと腕時計を確認した。

「それ、何のタイムリミットなわけ？」

めぐみがもう一度唾を吐く。勢い余って、唾が床に転がっている元恋人の顔にかかった。どこまで最低な女なんだ……。

めぐみに裏切られたショックはもうなくなっていた。そんなものよりも遥かに強い怒りで、爆発しそうだ。

「お前を殺すタイムリミットだ」

立浪がめぐみを氷のように冷たい目で睨みつけた。

「まだ、ナプキンのゲームが続いてたわけ？」

「ああ。お前がお宝の隠し場所を吐くまでな」

「はあ？　何言ってんの？」

めぐみが、腕組みをしながら眉をひそめた。

「お前こそ、とぼけるな。だんだんと全体像が見えてきたぜ」

立浪がいきなり優勢になった。

……めぐみがお宝の場所を知ってる？　独り占めするために鏡子を殺したとでも？

ありえない。それならば、わざわざ今夜にする必要が……。

「なぜ、今夜を選んだのだ？」

立浪が、私の疑問を口にした。

「今夜じゃなきゃ、あかんかったん？」

なぜか、葵まで問いを重ねた。

「ご想像にお任せするわ」

めぐみは、どうなろうと態度を変えるつもりがないようだ。

つまり……。

「それなら、私たちがお宝を見つけてもかまわないってことか？」

私は、めぐみの横顔に訊いた。

「パパ、探すつもりなん？」

葵が呆れて言った。

この店にお宝と呼ばれるものが隠されているとは、到底信じられない。しかし、今はめぐみの反応が知りたい。めぐみの意図は何なのか？　彼女が自信たっぷりな理由はどこにあるのか？　それを探らなければ、私と葵の生き残る確率は低くなる。

「黙っているってことは、イエスと捉えていいんだな」

私は、もう一度、めぐみに訊いた。わずかながら、めぐみの横顔が引き攣《つ》っているように見える。

「お前の評価を変えてやる」

立浪が唸るような声でめぐみに言った。

「何の評価よ」

めぐみが鼻で笑う。

「今日まで、お前のことをどこにでもいる乳のデカいだけのビッチだと思っていた」

「それは、どうもありがとうございます」

めぐみが胸を突き出し、嫌味たっぷりに返す。

「だが、今夜のお前はどうだ？　立派な悪女じゃねえか」

「伝説の男に言われるのは悪い気はしないわね」

立浪は煽っているのか？　それとも本心でめぐみを認めたのか？

「俺をここまで苦しめた人間は初めてだ」

立浪がさらにめぐみを持ち上げる。

めぐみは、警戒しながらも満更でもない顔になった。

「あんたを苦しめているのは私じゃないわ」

「じゃあ、誰なんだ？　お前が殺した鏡子とか言うなよ」

「違うわよ」

めぐみが、さらに強く、鼻で笑う。

「この女、完全に調子に乗ってるやん」

葵がぼそりと小声で呟いた。

「あんたを苦しめているのはあんた自身よ」

めぐみが、立浪に忠告を続ける。

「ほう。面白いな。俺を分析してくれるのか」

「診察料は高いわよ」

「体で払ってやるよ」

「あんたの体なんていらないわ。代わりにお宝をもらうから」

やはり、このステーキハウスに現金が隠されているのか？……いや、現金とは限らないぞ。大金なら、毎日、掃除をしている私が、とっくの昔に発見しているはずだ。

「……宝石か？」

私は、思わず呟いた。

「いい線、いってるな」

立浪が、今度は私を褒める。

「たしかに、宝石やったら小さいからどこにでも隠せるし！」

葵も目を輝かせて頷いた。

「宝石ねえ」

めぐみが明らかに小馬鹿にしたような笑みを浮かべる。

「何だよ！　図星なんだろ！」

私はムキになってめぐみに噛み付いた。

「バカみたい」

「何だと？」

「宝石だったら、見ただけで〝価値がありそう〟って思うじゃない」

「は？」

私は、すぐには意味がわからず眉をひそめた。

「そうか、もし、偶然に誰かに宝石を見つけられたとき、盗まれる可能性が高いもんなあ」

葵が、さらに深く頷いた。

「まあ、そうだな……」

私は、渋々と認めた。

「一見、価値がなさそうに見えるものを、隠しているのか」

立浪が、太い顎を撫でた。

価値のなさそうなもの……。それがどんなものなのか、私にはまったくピンとこなかった。

「鑑定士みたいね」

めぐみがニヤニヤとする。この笑みは本物なのか？　それともハッタリなのか？

「パパ、思い当たるものはない？」

葵が、私に訊いた。

「急に言われても……」

「なんでもいいから思い出してや！」

「なんでもと言われても……」

関西弁でまくし立てられるとパニクってしまう。葵の口調は、標準語だった頃の昔と比べ、三倍は速くなっているのだ。

「木は森の中に隠せって言うしね」

めぐみが意味深に呟き、さらに私を混乱に陥れようとする。

木？　この店でいえば肉か？　たしかに肉は大量にあるが、そこまで価値があるとは思えない。そもそも、肉なら焼いてしまうではないか。

「わかったぞ」

立浪が、勝ち誇ったように言った。

「嘘ばっかり」

めぐみが、ムキになる。

「どうした？　怖いのか？」

一瞬で、立浪が形勢を逆転させた。

「はあ？　何も怖くないわ」

めぐみが声を張り、強がってみせたが、その頬がわずかに痙攣している。

「お宝って何なん？　教えてや！」

葵が、立浪に訊いた。

「まだ教えられん」

「なんでよ！」

「たしかめなきゃいけないことがある」

「……えっ？」

私と葵は顔を見合わせた。立浪は、一体、何を掴んだというのだろう。

「めぐみ、服を脱げ」

立浪が、低い声で命令した。

「バッカじゃない」

「いいから脱げ」

「ぬ、脱がせてどうするんですか？」

私は、慌てて立浪を止めた。娘のいる前で、ヌードショーなど許すわけにはいかない。

「黙って見てろ」

「ダ、ダメです」

断固として止めなければならない。

「なんであんたの許可がいるのよ」

めぐみが怪訝な顔つきで私を見る。

「ダメに決まってんだろ！」

「えらそうに命令しないでよ！」

「うるさい！」立浪の大声が、ビリビリと店内に響く。私とめぐみは、同時に口を閉じた。「早く脱げ、めぐみ」

「お断りよ」

「無理やり脱がされたいのか」

立浪は、絶対に譲らない雰囲気である。

「私の裸を見たい理由を教えてよ」

「裸じゃない。盗聴器を隠してないか確認するだけだ」

「はあ？　何よ、それ？」

めぐみが顔をしかめ、大袈裟に肩をすくめる。

「この会話を録音してるだろ」

「何のために？　意味わかんないし」

「誘導しようとしているな」

立浪が、めぐみの腕をグイッと強く摑んだ。

「やめて！　離してよ！」

しかし、立浪はそのままめぐみの体を抱き寄せた。

「野蛮な真似はよせ！」

私は、反射的に叫んだ。めぐみは、背後から抱きしめられる形で顔を歪めている。

「俺が野蛮だと？」

「娘の前では、や、やめてくれ」

立浪が蔑むような目で私を一瞥《いちべつ》し、葵に向き直った。

「葵はどう思っている？」

「な、何がよ？」

「この女の正体だ」

葵は、苦しそうに悶《もだ》えるめぐみを見た。

「めぐみさんは、一般人とちゃうかったの？」

葵があんぐりとした顔で訊いた。

たしかに、それは私も感じていた。めぐみは、立浪がいるのにも拘《かかわ》らず、あまりにも修羅場に慣れている。……この女は絶対に素人《しろうと》じゃない。

「普通の人間よ！」

めぐみが手足をバタつかせて叫ぶ。

「良彦、手伝え！」

「む、無理です！」

「じゃあ、葵！　脱がせろ！」

「嫌や！」

私と葵は、体が固まってしまったかのように動けなかった。

「クソがあ！」

立浪が、めぐみのシャツを掴み、力任せに引き裂いた。

19

「きゃああ！」

めぐみが、胸を押さえて絶叫する。

「な、何やってんだ！」

私は激昂し、立浪に殴りかかった。腕っぷしに自信があるわけなどない。しかし、私は立浪を許すことができなかった。振り上げた右拳で、さらにめぐみの服を脱がそうとする立浪の側頭部を殴りつけた。

だが、信じられないことに、頭蓋骨《ずがいこつ》が岩のように硬く、立浪はびくともしなかった。

「ようやく男になってきたな」

立浪がめぐみの髪を掴んだまま、私に笑いかける。

「い、痛い」

めぐみが半泣きになった。

「もっと殴ってみろ」

立浪が、顎を突き出して挑発する。

ちくしょう……。私は、もう一度、顔面を強く殴りつけた。

「ぐあっ」

私は、拳を押さえて顔を歪めた。殴ったほうが痛がっている。「離してよ！　見てよ！　どこに盗聴器なんてあるのよ！」

めぐみがヤケクソになってブラジャーを剝《は》ぎ取った。たわわな乳房が露《あら》わになる。

私が以前、肉欲に負けてむしゃぶりついた乳房だ。

「上だけじゃない。下も脱げ」

立浪が舌舐めずりをした。

「もう我慢できない！　わたし、帰る！」

めぐみがどれだけ叫ぼうと立浪は容赦をしない。

「ダメだ。すぐに脱げ」

「帰るって言ってるでしょ！」

めぐみが床に落ちているブラジャーを拾おうとする。

「逃げるな」

立浪がデカい革靴でブラジャーを踏みつけた。

「その汚い足をどけなさいよ！」

「わかった」

立浪が足を床から浮かせたと思いきや、革靴の爪先をめぐみの腹にめり込ませた。

「がはっ……」

めぐみが床を転がり、みぞおちを押さえてうずくまる。

「良彦、この女を素っ裸にしろ」

「こ、断る」

私は、恐怖を堪えて立浪の命令に背いた。娘の前でそんな醜態を晒《さら》すくらいなら、殺されたほうがマシだ。

「じゃあ、黙って見てろ」

立浪がめぐみの尻にピッタリと張り付いたジーンズに手をかけた。

「その手を離せや、おっさん」

いつのまにか、葵が私の真横に立っていた。

「葵……」

葵は肉を切るための大きなナイフを両手で持ち、小刻みに震えている。いつも自分が持っている調理道具を我が娘が握っていることに、とてつもなく違和感があった。

「ほう。俺を殺す気か」

立浪が嬉しそうにニヤける。

「やめろ、葵。ナイフを置きなさい」

私は、葵がカウンターに入ったことにさえ気がつかなかった。

「パパの言うとおりだぞ」立浪がめぐみのジーンズから手を離す。「ナイフを置かなければ、俺がお前を殺すことになる」

「葵！」

なんとか止めたいが、下手に近づくことはできない。葵は極度の興奮状態で瞳孔が開きっ放しになっている。

「だって、このおっさんムカつくねんもん！」

「五秒やるからナイフを置け」

立浪が一方的に決めた。両手の拳を固め、肩をいからせている。この拳が葵の顔に

め り込むことは想像したくない。

「嫌や!」

「五、四」

立浪が冷淡な声でカウントダウンを始めた。ステーキハウスの緊張感が限界まで跳ね上がる。

「絶対に嫌や!」

葵はそれでもナイフを放そうとはしない。

「娘には手を出すな」

私は、両手を広げ、葵を守るようにして立浪の前に立ち塞がった。

立浪が女であれ子供であれ、邪魔する者を許さないのはわかっている。

「美しい親子愛だな」

なぜか、立浪が悲しげな表情を浮かべ、岩のような拳を振り上げる。

最後まで、娘は守り通す。私は、歯を食いしばり、立浪の充血した目を睨み返した。

「待って」

立浪の背後からめぐみが言った。

「お前が素っ裸になるのなら待ってやる」

「わかったわ……」

めぐみがため息まじりに立ち上がり、ジーンズの前ポケットから、カードのように薄い銀色の機械を取り出した。

「ICレコーダーだな」

立浪が拳をおろした。あと二秒遅ければ、私の顔はザクロのようにグチャグチャになっていただろう。

「ほんまに、盗聴してたんや……」

葵が唖然とした顔でナイフを床に落とした。

「そうよ。バレたら意味がないけどね」

めぐみがあっけらかんと言った。

「貸せ」

立浪がレコーダーを引ったくり、手の中でバキバキと握り潰した。

「なんのために……盗聴なんて……」

私は質問しようとしたが、喉がカラカラでうまく声が出ない。

「依頼されたからよ」

めぐみがブラジャーを着けながら答える。こんなときでも、胸を寄せて上げるのは忘れない。

「誰にだ？」

立浪が床のナイフを拾い上げた。

「もう脅さなくても全部話すわよ」

「どうだかな」

「その代わり、私の命の安全だけは保証してもらうわ」

「ここにきて、交渉はやめろ」

「わたしを守って欲しいの」

めぐみが怯えた表情で立浪を見た。演技には見えないが、油断は禁物である。

「守るだと？」

立浪が、大袈裟に鼻で笑う。

「だ、誰から守るの？」

葵がめぐみに訊いたあと、私と顔を見合わせた。意味不明にもほどがある。だが、めぐみの怯え方は本物に見えた。

「ここで黒幕の登場とかやめろよな」

立浪がさらに笑い飛ばした。主導権が自分に戻ったので、上機嫌になっている。

「もし、そのとおりになったらどうする？」

めぐみが笑い返す。

「お、また強気になってきたな」

「まだ負けたつもりはないからね」

めぐみが胸を突き出し、精一杯の虚勢を張る。だが、いかんせん痛々しい。

「もう、わけわからんねん！」

葵がヒステリックに怒鳴った。

「あ、葵、落ち着け！」

「どこまでが嘘で、どこまでが本当やねん」

「教えてあげようか」

めぐみが両手を腰に置き、得意げにポーズを取った。まだ悪女気取りでいる。

「どうした？　ヤケクソになったのか？」

立浪が分厚い胸を張り、めぐみを見下ろす。

「たしかに疲れたわね」

私も同じ気持ちだ。早く娘と一緒に家に帰りたい。

どうして、こんな店を始めてしまったのだろう？　どうして、あんな悪魔のような男の言いなりになってしまったのだろう？　どこから後悔してもはじまらない。何度、後悔しても足りない。私はもう、これ以上、絶望の淵に立ち続けるのは限界だった。

「それでは、黒幕を発表します！」

めぐみがおどけて手を上げた。立浪の言うとおり、かなりヤケクソになっている。

「どうせ、嘘つくんやろ」

葵が吐き捨てるように言った。

「もう嘘はつかないわよ」

「信じられるわけないやん」

「だって、発表されたら葵ちゃんが困るもんね」

めぐみが意味ありげにクスリと笑う。

葵が困る？　どういうことだ？

「おいおいおい！　こんなサプライズがまだあったのかよ！」

立浪が手を叩いてはしゃいだ。

一体、この悪夢はいつまで続くのだろうか？　私は、いっそのこと誰かに楽にして欲しかった。

葵が今回の件に関係しているって？　ありえない。大阪から来たばかりなのだ。こんな悪党たちとどう絡んでいたというのだ。

「葵、自分で言いな！」

めぐみが威勢良く啖呵《たんか》を切る。

「嫌やって言うてるやろ……」

「あれ、元気がないわね」

声が小さく覇気がない。心なしか目が泳いでいる。まさか……やめろ……やめてくれよ！

立浪がズバリと核心に触れた。

「葵が黒幕なんだな」

20

「そんなわけないやろ！」

「もう誤魔化すのは無理だってば」

めぐみが狂ったようにケラケラと笑う。

うつむき加減で黙り込む葵の表情は見覚えがある。小さいときからの嘘をついているときの顔だ。

「葵……嘘をついているのか……」

私は、声を震わせて言った。

葵は、まだ、うつむいたままだ。

「葵、答えてくれ」

ステーキハウスが沈黙に包まれる。

「葵はいくつになるんだ？」

立浪が舐めるような視線を葵に送る。いつの間にかＢＧＭは止まっていた。

「十七歳です」

私が代わりに答える。

「その年で一体、何があったんだ？」

「何もない！　葵は普通の女子高生なんだ！」

「お前には聞いてないんだよ！」

岩のような拳が飛んできて、私の顎を直撃した。目の奥で、火花が散った。私は吹っ飛び、カウンターの角でしこたま背中を打ちつけた。

「ぐあっ……」

初めて立浪に殴られた。体の芯が痺れて言うことをきかない。これがアウトロー街道をひた走ってきた男の本物のパンチなのか。

「パパ、ごめん……ウチ、嘘ついてた」

葵が顔を上げた。潤んだ目で、私を見つめる。

「もういい……」

「さあ、すべて話せ」

「葵、もう何も喋るな！」

けない。

「お前が黙れ！」

立浪が、私の胸ぐらを摑んで揺すった。脳味噌までグラグラと揺れたが、ここは引

「うるさい！」

私も立浪を摑んで揺すり返した。

「パパ！」

葵が強い力で、私の腕を摑んだ。その手の感触に全身の力が抜ける。

「葵……」

「パパ……静かにしといて」

葵は泣いていた。可哀想に、細い体を震わせてポロポロと涙を零している。

「さあ、葵ちゃん。黒幕らしく堂々と説明してあげて」

「……わかった」

めぐみに促されると、葵は覚悟を決めた顔で言った。

「パパ……ほんまに……ゴメン……」

さらに泣きじゃくる。

謝るな、葵。頼むから謝らないでくれ。

「さあ、泣きやむんだ」

立浪が胸元から出したハンカチを葵に渡した。葵が何の抵抗もなく、ハンカチを受け取り、涙を拭う。その仕草に、私の胸がズキズキと痛む。

「可愛い。葵ちゃん、ピュアだもんね」

めぐみが、目を細める。私は、めぐみの態度にも苛ついた。

……私の知らない葵がいる。今、目の前で泣いている少女が、まるで赤の他人に見える。

「パパ、実はね……」

ようやく泣き止んだ葵が、口を開く。

「……何だ？」

私は静かに深呼吸をして、腹を括った。葵にどんな秘密があろうと受け止めてみせる。

「ウチのパパは、今夜ここで死ぬことになってんねん」

葵が冷たい声で言った。顔は泣いているが、声に何の感情もこもっていない。

し、死ぬ？　俺が？　私は、驚きを通り越して、ポカンと口を開けた。娘の言っていることが一ミリもわからない。

「なんだ、そりゃ……」

さすがの立浪も唖然としていた。

「だから、ウチのパパはもうすぐ死ぬことになってんの……」

葵が虚《うつ》ろな目で答えた。私の背中がゾクリと寒くなる。

「だ、誰に殺されるんだ？」

「それはまだ言えへん」

「教えてくれよ！」

「そのときが来たら教えるから我慢してや」

本気で言っているのか？　混乱を通り越して、頭の中が真っ白になっている。

「り、理由は？」

「何の理由？」

「パパが殺される理由だよ！」

「ウチを裏切ったから」

葵の声が、ステーキハウスに響いた。静かな口調だったが、私は後頭部を鈍器で殴られたような気持ちになった。

「……パパが？」

私は、啞然として立ちすくんだ。

「そろそろクライマックスだな」

立浪が大口を開けて笑う。笑っているはずなのに、金剛力士像のような表情になっている。

「めぐみと浮気をしたのが許せなかったのか」

「そんなんとちゃう」

「じゃあ、何だ！」

私は我を失い声を荒らげた。立浪の暴力よりも、娘の秘密のほうが怖い。

「胸に手を当てて訊いてみたら？」

その言い方と顔つきが、別れた妻にそっくりである。

「教えろ！　葵！」

「葵ちゃん、教えればいいじゃん。パパをびっくりさせてあげなよ」

めぐみが煽る。その態度にも不穏な空気を感じた。

一体、葵は何をする気なのだ……。

私は胸が痛くなり、心臓が千切れそうになった。全身がバラバラになって、鉄板の上で真っ黒になるまで焼かれたい気分だ。

「わかった……全部話すわ」

葵が力なくつぶやいた。

「よかったな、良彦。やっと教えてもらえるぞ」

立浪が、馴れ馴れしく肩に手を置いた。私は、無言でその手を払いのけた。

「パパ、実はね……」

「待ってくれ」

まだ心の準備ができていない。小さかった頃の葵の思い出が、走馬灯のようにかけめぐる。

幼稚園の入園式で泣きじゃくって、私の脚から離れなかったこと。小学生のバレンタインデーで、初めて男の子にあげるチョコ作りを手伝ったこと。中学生のとき、家出をしたかと思えば、近所のコンビニで暢気《のんき》に立ち読みしていたこと……。

「何よ、ここに来てビビらないでよ」

めぐみが舌打ちをする。どこまでも下品な女だ。

「ビビるに決まってるだろうが！」

この狂気の一夜の黒幕が、娘の仕業かもしれないなんて……。父親なら、怯えない人間はいないはずである。

「葵。もういい。こんな情けない父親は無視しろ」

立浪が、さも愉快そうに笑う。

「この人は父親なんかとはちゃうもん」

葵が、今まで見たことのない表情を私に向けた。死んだ牛のように精気がない。

「とうとう父親失格の烙印《らくいん》を押されたな」

「う……うるさい」

目頭が熱くなり、ポロポロと涙がこぼれた。

「泣いてるし」

めぐみが、床に唾を吐き捨てる。

涙が止まらなかった。子供のように大声を出して泣き叫びたかった。葵……あんなに可愛いかったのに……。葵との思い出のフラッシュバックは止まらない。

「さあ、この哀れな男に止《とど》めを刺せ」

立浪が、葵に命令した。

葵が素直にコクリと頷き、しっかりとした声で言った。

「今まで育ててくれてありがとう。でも、ウチはパパの子とちゃうねん」

店内の空気が凍りつく。

「一体、どういう意味だ？」

さすがの立浪も首をかしげた。

「ウチの父親は他の人やの」

驚きのあまりピタリと涙が止まった。

「とうとう告白しちゃった」

めぐみが微笑む。すべてを最初から知っていた顔で。

「つまり……」

喉の奥から声を絞り出すが、それ以上、言葉が出ない。

「ウチとあなたとは、血が繋がってへんの」

目の前が、真っ暗になった。

「へっ……」

私は魂が抜け落ちたように立ちすくんだ。幽体離脱したように、もう一人の自分が、間抜け面の自分を見ている。

「こりゃ傑作だな」

立浪も驚きを隠そうとはせず、目を瞬かせる。

「う、嘘だろ……」

私は、フラつきながら葵に近づいた。トランポリンの上を歩いているようで、まっすぐに進めない。

「ホンマやねん」

葵が後退《あとずさ》りする。娘を抱きしめたい。でも、抱きしめるのが恐ろしい。

「う、嘘だと言ってくれ」

葵が、力なく首を横に振った。

血が繋がっていない……。じゃあ、葵の父親は誰なんだ？　待て。そんな話を信じられるわけがないだろ。

「とんだ復讐だな」立浪が鼻を鳴らす。

「まだ、復讐は終わってへん」

葵が立浪を睨みつける。十七歳の小娘とは思えない、ふてぶてしい表情だ。

「あん？」

「ウチは父親に復讐するために来た。本物の父親に会うために」

「本物の父親だと？」

立浪の笑顔が凍りつく。

どういう……ことだ？

「ご対面ね」

めぐみが腕を組みながら、真顔で言った。

立浪が擦れた声でつぶやく。

「俺が……お前の父親なのか」

21

「初めまして。ウ、ウチの、パ、パパ」

葵が、静かな怒りに満ちた表情で、立浪を見た。睨みつけるわけではなく、ただ見ている。

ああ、神様……助けてください。私は、力なく床にへたりこんでうなだれた。

「店長に説明してあげて」

めぐみが葵を促す。

「ママはこの男にレイプされたの」

その言葉に何の反応も示すことができずにいた。ただただ、体が冷たく震えが止まらない。

「その話、誰から聞いた？」

立浪の目が完全に据わっている。

「本人からに決まってるやんか」

葵がガチガチと歯を鳴らして答えた。

妻が……他の男に……。視界が歪み、酸っぱい胃液がせり上がってくる。内臓すべてが口から出そうだ。しかも、その男が立浪だなんて……。私は、残っていた胃の中のものを床にブチまけた。

「ゲロ吐いちゃうのも仕方がないかもね」

めぐみが憐れみの目で、うずくまる私を眺める。

「たしかに、俺はお前の母親を犯した。だが、それはこのステーキハウスを与えたことでチャラになったはずだ」

「な……なんだと？」

私は、気合いでゲロを止め、ヨロヨロと立ち上がった。自分のゲロで滑り、転びそうになる。

「今、言ったとおりだ。このステーキハウスが慰謝料なんだよ」

「あ……あんたは……俺の腕を認めてくれたから、この店を与えてくれたんじゃないのか」

「良彦。お前の腕は二流だ」

「そ……そんな……」

伝説の男に認められた――。それが私の確固たる自信となり、仕事に打ち込んだ。このステーキハウスにすべてを注ぎ、家族も失った。まだ、こんな裏切りが待っていたなんて……。

「ほ、本当に……妻をレイプしたのか」

また吐き気がこみ上げる。

「俺は欲しいものは絶対に手に入れるからな」

「ママは、この男を恐れて警察には通報できんかった。しかも、妊娠しても、誰にも真実を言えずにいた。そのときは同棲していたパパの子供の可能性もあったしね。ウチが生まれてから検査して、真実がわかってんけど」

葵が告白を続ける。

「立浪からの慰謝料を、あなたの元奥さんは受けとらなかったそうよ」

めぐみがため息混じりに言った。

自分の罪も暴力も、金で揉み消す。立浪なら日常茶飯事のことである。だが、まさか、私の家族がそのど真ん中にいたなんて、夢にも思わなかった。

「だから、この店が慰謝料の代わりだった。それであの女も納得したはずだ」

「ウチが納得できへん。ママが『立浪さんには特別な恩がある』っていつも言ってたけど、その言葉の本当の意味を考えたら、ウチは我慢できん」

「ガキは引っ込んでろ」

立浪がゆっくりと首を回し、ボキボキと鳴らす。

「嫌じゃ、ボケ」

葵は一歩も引かず、仁王立ちのままだ。この度胸は、私のものではない。他の男の血を受け継いだものだ。私は、一人で腑に落ちた。どうりで、昔から似てないはずだ……。

「お前が今夜、ここでやろうとしてることを母親は知っているのか？」

立浪が、額に太い青筋を浮かべて訊いた。

「ママは知らへん。ウチが独断で来たから」

「ほう」

立浪が嬉しそうにニヤける。

「何、笑ってんねん」

「さすが俺の娘だな。肝の太さが違う」

「もう、娘だと認めたの？」

めぐみが、立浪のあっけらかんとした態度に仰《の》け反《ぞ》る。

「ああ。葵の目は嘘をついてないからな」

何て奴だ……。立浪は、いきなり現れた娘の存在に、まったく動揺していない。これが伝説と化している立浪という男だ。その血が葵にも流れている。だからこそ、今夜、立浪とも渡りあえているのだ。

「さすがね。普通の男とは器が違うわ」

めぐみが腕組みをしながら立浪を褒める。

「外野は黙ってろ」

「そんな言い方をしてもいいの？　あとで後悔するわよ」

なぜ、めぐみはこんなにも強気なのだろう。まだ、隠している秘密があるとしか思えない。

「めぐみさんはウチの身内や。外野なんかと違う」

葵が、力強く言った。

「身内だと？　めぐみまで俺の娘だとかほざくなよ」

立浪がゲラゲラと笑った。何て奴だ。この状況で笑えるのか。

「やめてよ。あんたなんかと絶対に血が繋がりたくないわ」

めぐみが歯を剝き出しにして言い返す。

「俺は娘が何人いようがかまわないぜ。実際、どこにどれだけいるか、数えたことはねえからな」

つまり、全国で色んな女をはらませているというわけだ。鬼畜……。しかし、それが立浪という男だ。

「葵は帰れ」

私は、怪物の前に立ち塞がった。

「帰れるわけないやん。やっと復讐のチャンスを手にしてんから」

「優子がレイプされたのなら、復讐の権利は私にある」

こみ上げる怒りとは裏腹に、膝が震えて力が入らない。

「何の準備もしてない人は引っ込んでや」

葵の冷たい言葉が胸に刺さる。

もう、親子ではないのだ。親子でないのなら、一体、今までの葵との関係は何だったのだろうか？　そして、これからの関係も……。目の前にいる少女は、私にとって何者なのだ？

「コツコツと復讐に備えてきたわけか」

立浪が、感心した顔で葵を見る。

「そうや。ウチの誕生日をここで祝って欲しいとお願いしてん」

「そして、鏡子さんと店長が浮気をしているという情報を、あんたに流したの」

めぐみが説明を補足する。

「なるほど、俺はまんまとおびき出されたんだな」

立浪がさらに感心した。

「そう。わたしたちの罠にハマったってこと」

……罠？　この女二人は、何を仕掛けたというのか？

「そもそも、お前らはどこで知り合った？」

「葵ちゃんから声をかけてきたの。復讐に協力して欲しいって。最初はイタい子かと思ったけれど、私もあんたの金を狙ってたから、ギブ&テイクってことで手を組んだってわけ。ラブホ風の写真はわたしの部屋で撮ったのよ。翔太は別に殺す必要はなかったけど、ムカついてたから、ついでに仕返ししちゃった。っていっても、殺したのは立浪だけどね。だって、わたしに隠れて上本のブスと付き合ってて、今回の公演であのブスをヒロインにしたんだもん」

ヒロインの座を奪われたから殺しただと……。鏡子を殺したことといい、この女はとことん悪に染まっている。

「なるほどな。で、お前らは何を待ってる？」

立浪が女二人に訊いた。

「やっと気づいた？」

「ああ。ナプキンに真実を書けだのの戯言は、時間を稼ぐためだったんだろ」

「ビンゴ！」めぐみがピースサインをした。「長々と付き合ってくれてありがとう。わたしたちの勝ちよ」

「そうか。俺は負けたのか」

なぜか、立浪は喜んでいるように見えた。

負け惜しみではなく、潔く認めているのだろうか。いや、立浪はそんなヤワな男ではない。どんな手段を使おうとも自分の思い通りに物事を進める。それが私の知っている立浪という男だ。

「わたしは鏡子さんと寝てたわ」

めぐみが得意げに言った。

「それがどうした」

立浪が、ゆっくりとカウンター席に腰を下ろす。

「まだわからないの？」

「俺の家にカメラを仕掛けたのか」

「ビンゴ！　盗撮用のカメラがあちこちにあるわ」

何てことだ……。

それでも立浪は顔色を変えない。

「もしかして、この店にもカメラを仕掛けてるんじゃないだろうな？」

私は、めぐみに訊いた。

「ビンゴ！　お店の合鍵を持ってるから余裕だったわ」

気づきもしなかった。どこにカメラがあるのかまったくわからない。私は、店内を見回し呆然とした。

「さっき、あんたがわたしの彼氏を殺したのもバッチリ映ってるよ」

めぐみが勝ち誇った顔になる。

「それだけか？」

勝ち誇った顔では立浪も負けていない。

「まだあるに決まってんじゃない。そのために時間を潰したんだから」

「じゃあ、それを教えてもらおうか」

「教えなくても、自分でわかってるんでしょ？」

「……まあな」

測ったようなタイミングで、立浪の巨体が崩れ落ちた。

「えっ？」

私は目を見開いて、うずくまる立浪が激しく嘔吐《おうと》する様を眺めた。

「お前ら……何をしたんだ？」

「毒を盛ったのよ」

めぐみが、仁王立ちで立浪を見下ろす。

「は？」

「体が大きいから、全身に回るのに、想像以上に時間がかかったわね」

だから時間稼ぎをしていたのか……。

「どうやって、毒を食べさせたんだ？」

「ステーキよ」

「何だと？」

「合鍵を持っていると言ってたでしょ。あんたが用意した特製のステーキ肉に毒を塗り込んだの。葵ちゃんより先に店に入ってもらうようにすれば、絶対成功するって思ってたわ」

葵に食べさせる予定だった肉だ。

「俺が……食うと読んでいたのか」

立浪が口の回りをゲロだらけにしながら訊いた。

「店にある一番いい肉を焼かせるに決まってるもの。だって、あんた、卑しいからね。目の前の欲望に逆らわずに生きてきたんでしょ」

「そのとおりだ」立浪がヨロヨロと立ち上がる。「我慢するぐらいなら死んだほうがマシさ」

「じゃあ、死ねや」

葵がゴミを見るような目で言った。

「まだ死なない。やることが残っているからな」

立浪がフラフラになりながら、銃を構えた。銃口が、めぐみを捉える。

「ヤケクソにならないでよ」

銃を向けられているのに、めぐみは余裕の表情だ。

「旅は道連れって言うだろ」

「まだ天国には旅したくないの」

「俺との旅だぞ。行き先は地獄だ」

立浪が脂汗を流しながら不敵に微笑む。

……まだ笑えるのか。私は、立浪のとてつもない精神力に感服した。妻を犯されたというのに、まだ何もできない自分は、もう男としての価値がない。

「ここにおる全員が地獄行きや」

葵が吐き捨てるように言った。

「わたし嫌なんだけど」

めぐみが笑う。

「先に行け」

立浪が、めぐみの頭めがけて引き金を絞った。

カチッ。

乾いた音が、店内に響く。不発だ。

立浪が眉をひそめ、何度も引き金を絞るが、弾は発射されない。

「これもお前たちの仕業か？」

「これくらい当然よ。銃に細工させてもらったの。寝室に置いてあるのはわかってたからね」

……銃に細工？　そんなことが素人にできるはずがない。この女の正体がますますわからなくなってきた。私は、あっけに取られて葵を見た。

「葵、何があった……」

「あんたには関係ない」

葵が冷たく私を突き放す。

「頼む。教えてくれ」

「あかん」

葵がそっぽを向いて無視する。

「銃がなくても、お前らを殺せるぜ」

立浪が顔面蒼白になりながら、めぐみに襲いかかろうとした。

「残念ね」

めぐみはひらりと軽やかな動きで、葵の後ろに隠れた。

「大人しく死ねや」

葵の手に、いつの間にか銃が握られている。信じられない。私は、かつて娘だった少女の暴走に我を失った。

「おい！　葵！　何を持ってるんだ！」

「見ればわかるやろ」

「まさか……」

「本物。モデルガンじゃないわよ」

めぐみが、すかさず言った。

「お前に……撃てるのか」

立浪が、擦れた声で訊いた。

「撃つために、ここに来てん」

誰が、葵に銃なんか渡したんだ……。許せない。私の怒りは、頂点に達した。

「どうせなら一発で仕留めてみせろ」

立浪が自分の額を指した。

「ここを狙え」

「挑発に乗ったらダメよ」

めぐみが、警戒した声で忠告する。

「わかってる。頭は的が小さいから」

葵が、立浪の腹に銃口を向け、引き金を絞った。銃声が、ステーキハウスに響き渡る。

……撃った。私は、ヘナヘナとその場に座り込んだ。

「がふっ……」

立浪の口から、血が溢れ出す。それでも仁王立ちのまま倒れない。その姿は、まるで鬼だ。さすがに、めぐみと葵も怯えている。

「一発で終わりか？」

立浪は、血が滲み出る腹を押さえながら、女二人に歩み寄った。

「ひ、ひぃ」

めぐみが逃げようとしたが、翔太の血に足を取られて転倒した。

「今度は頭にブチ込めよ」

立浪が、物凄い形相で自ら葵の銃に顔を近づける。この距離であれば、いくら素人でも外さない。

「葵！　やめろ！　撃つな！」

私は、叫んだ。葵を殺人者にはしたくない。

「ウチは誰の指図も受けへん」

「それでこそ、おれの娘だ」

立浪が中腰のまま、両手を広げて葵を抱きしめようとした。

葵が、立浪の額にピタリと銃口をつける。

「葵！」

腰が抜けて動けず、祈ることしかできなかった。頼む。その一線だけは越えないでくれ。

「あんたに抱きしめられるぐらいなら、死んだほうがマシやわ」

葵が吐き捨てるように言った。

「親子なんだ。一度ぐらいならいいだろ」

葵の左目からひと筋の涙がこぼれる。「あんたがおるからウチが生まれた。ママはウチが生まれてからずっと、ウチの顔を見るたびにあんたにレイプされたことを思い出してたんや。だから、ウチが決着をつけに来た。あんたをこの世から消して、ママを救ってあげるねん」

「そうか」立浪が優しく微笑んだ。「葵、幸せに暮らせよ」

「アホか」

もう一度、銃声が響き渡る。立浪の額に赤い穴が空き、宙を抱いたまま、仰向《あおむ》けに倒れて絶命した。床にくずれ落ちる瞬間、私を見たような気がした。まるで、私に最後のメッセージがあるかのような顔をしたが、気のせいかもしれない。

撃った……。葵は、立浪を殺した。自分の父親を殺した。

やっぱり、私とは血が繋がっていない。強く納得した。

22

「さてと」めぐみが立ち上がって葵から銃を受け取り、私を見下ろした。「ここからが店長の出番よ」

死体を解体しろと言うのか。

めぐみの表情からは、決してハッタリではなく、本気だと伝わってくる。血が繋がっていないとはいえ、娘の葵の殺人の隠蔽に私が手を貸さないわけがないと思っているのか。

「どれぐらいの時間で終わる？」

「わかるわけないだろ」

当たり前だが、人間を解体したことなどあるわけがない。

「三十分で終わらせて」

「無理だ」

「やるのよ」

めぐみが銃口をグリグリと私のこめかみに押しつける。

「二体もあるんだぞ！　不可能だ！」

しかも、立浪は巨体だ。体積でいえば、普通の成人男性の二倍近くある。

「じゃあ、一時間ね。それ以上は認めないから」

「……努力してみる」

「葵ちゃん、外で待っていて。こんなクズどもの内臓を見たくないでしょ。わたしもすぐに行くから」

葵がコクリと頷き、店を出ていった。

「やっと二人きりになったね」

めぐみが突然、甘い声になり、私の腕に自分の腕をからませる。やわらかな胸をわざと押しつけてきた。

「や、やめろ」

私は、急変しためぐみの態度に困惑した。

「何よ、つれないわね」

めぐみが頬を膨らませる。

「ど、どういうつもりだ？」

「わたし、店長のこと愛してるの」

「ふざけるな！」

めぐみの手を振り払おうとしたが、離してくれない。狂っているのか？　この状況で何を考えているのだ。

「愛してくれないの？」

めぐみはさらにふくよかな胸を押しつけてくる。

「やめろ！　目的は何だ？」

「バレちゃった？」

めぐみが悪い笑みを浮かべる。

「葵を裏切るのよ」

「はあ？」

「あの子がわたしを裏切るのは、読めてるからね」

「もう復讐は果たしたんだろ？」

「まだよ。この店に立浪が隠したお宝を頂いて、ようやく終わりよ」

「それは嘘じゃなかったのか？」

「本当よ」

めぐみが葵が出て行ったドアをチラリと気にする。

……お宝？　表現が曖昧で、それが何なのか想像できない。

「葵と山分けする予定だったのか」

「そうだったんだけど、彼女は独り占めする気でいるの」

「どうして断言できる？」

「女の勘。じゃダメ？」

「ダメだ。根拠を言え」

「まず、ひとつ。葵ちゃんが立浪の娘だからよ。それだけでも脅威だわ」

「あの子は俺が育てたんだ」

「でも、今夜の葵ちゃんを見てどう思った？」

「それは……」

私は、言葉を詰まらせた。

たしかに、さっきまでここにいたのは、怪物の血を引いた十七歳だった。

「二つ目は、この計画を立てたのが彼女だったってことよ」

「葵が……」

私は絶句するしかなかった。

「どう？　信じられないでしょ？」

「いや、お前の言葉のほうが信じられない」

危うく、この女のペースに乗るところだった。

「別にわたしの言葉を信じなくてもいいけども、あとで泣きを見るわよ」

「だから根拠を示せと言ってるだろ」

「根拠ねえ」

めぐみが大げさにため息をついた。

「ないのであれば、もうこれ以上、私を惑わすな」

「勝手に惑わされてるのは自分じゃん」

「黙れ」

「後悔してもいいの？」

今さら何を言ってるんだ。私は、思わずめぐみを張り倒したくなった。

「これからの俺の人生で、今夜ほど残酷な夜はない。後悔もクソもあるか」

「あらら、おめでたいこと」

めぐみが大げさに肩をすくめる。

「人生がまだ続くと思ってるんだ」

「……何だと？」

「次に葵ちゃんに殺されるのは店長なのに」

「ハ、ハッタリはやめろ」

私の背筋に冷たい汗が流れる。ただ、めぐみは余裕の態度を崩さない。

異常だ。狂っている。二つの死体があるのに、微塵も取り乱していない。つまり
……それに耐えうるだけの強い動機と欲望があるというわけだ。

「ゴメンね。店長相手にハッタリ使う必要も時間もないのよ」

「……お宝は確かにあるんだろうな」

「あれ？　急に信じてくれるんだ」

「うるさい！」

今はめぐみの言動しか、判断材料がないのだ。

「じゃあ、わたしと組んでくれるの？」

「ああ……」

「娘を裏切るのね」

「何とでも言え」

本当に葵を裏切るのか？　私は、己に強く問いかけた。

葵との思い出が再び蘇る。出産に立ち会い、産まれたばかりの葵を初めて抱いたとき、私は泣いた。

まさか、あのときの赤ん坊が立浪の子供だとは夢にも思っていなかった。初めて葵がパパと呼んでくれた日。幼稚園のお遊戯会では、お魚に扮《ふん》してダンスをしていた。小学校の運動会では、凛々《りり》しく応援団長をやっていた。中学生のときに初めての彼氏ができ、やきもきして眠れなかった。すべてが、私にとって大切な思い出だ。

その思い出が、粉々に砕け散った。

「わたしが店から出てこないのを怪しんで、葵ちゃんが戻ってくるわよ」

「私は何をすればいい？」

「隙をついて殴り倒して欲しいの」

「馬鹿野郎！　そんなことできるわけないだろ！」

血は繋がっていないが、つい最近まで娘として育てていたのだ。私は立浪と違って、鬼にはなれない。

「情けないわね。じゃあ、羽交い締めでもいいわ」

「何のために？」

「葵ちゃんから武器を取り上げるためよ」

「持っているのか？」

「たぶんね。もし、銃でも隠し持っていたら、それが裏切りの根拠になるでしょ？」

めぐみが得意げにニヤけた。

「あ、あの子が銃を……」

さっき葵が銃を構え、引き金を引いた姿さえ見たというのに、私は信じることができなかった。

「男の力なら、簡単に勝てるでしょ」

「銃を出されなかったらな」

育ててきた子に殺されるなんて、シャレにならない。

「わたしが葵ちゃんの気を逸らすわ」

「どうやって？」

「そんなのわからないってば。アドリブよ」

「おい、段取りを教えてくれなきゃ困る」

私は、慌てて言った。

「わたしだって困るわよ。今思いついたんだから」

「少しは考えてくれよ」

「だから、その場のノリだってば」

めぐみが大袈裟にため息をつく。

「わかったわよ。じゃあ、合言葉を決めるわ」

「た、助かる。でも、難しい言葉はやめてくれよ」

「合言葉は、『頑張ってね』でいくわ」

「何だ、その合言葉は？」

ふざけているとしか思えない。

「怪しまれたら元も子もないじゃん」

「この状況でどうやって、『頑張ってね』が出てくるんだ？」

「だから、死体の処理を頑張ってよ」

また吐き気が込み上げる。

「勘弁してくれ……」

「処理しなきゃ、わたしが店長を殺すわよ」

めぐみは笑顔だが、目は本気だ。

「物理的に不可能だ」

「どういう意味？」

「道具が足りない」

「包丁があるじゃない」

「それだけでは無理なんだよ」

「何が欲しいの？」

「せめて、電動ノコギリがいるな」

「そんなもんないわよ」

そのとき、ステーキハウスのドアが開いた。

「何してんの？」

葵が大股で店に入ってきて、目を細める。めぐみのせいで、葵のひとつひとつの動きが怪しく見える。

「終わったわ」

めぐみがしれっと嘘をついた。この女の度胸も大したものだ。

「本当に解体できんの？」

葵が冷たい目で私を見る。

「ああ……」

私は仕方なく曖昧に答えた。

「自信なさそうやね」

「死体を切るのは初めてだからな」

葵が、カウンターの上にある肉切り包丁を取り、私に渡そうとした。

「頑張って」

めぐみが、このタイミングで合言葉を言った。

嘘だろ？　葵の手には凶器がある。でも、やるしかない。

私は素早く、葵の背後に回り込んだ。羽交い締め。生まれてこの方、そんなことを本気でやったことはない。

まずは凶器だ。私は手刀を作り、葵の手首に叩きこんだ。

「いたっ！」

葵の手から包丁が飛び、床を滑る。

「すまん！」

私は咄嗟に謝り、葵を背後から抱えようとした。

「いたっ！」

今度は、私が叫ぶ番だった。仰け反った葵の後頭部が、私の鼻に直撃したのだ。グニャリとした軟骨の感触と同時に、目の奥で火花が散る。脳が揺れたのか、まともに立っていられない。

私は、鼻を押さえて片膝をついた。指の間からドボドボと温かい血が溢れる。

「どういうことよ！」

葵がめぐみを睨みつけた。

「こういうことよ」

めぐみの手には、肉切り包丁が握られていた。

「やっぱり、ウチを裏切る気やったんや」

葵が、平然とした顔でめぐみを睨みつける。

やっぱり？　私は、慌てて弁明しようとしたが、言葉が続かない。

「あ、葵、違うんだ」

「何が違うん？」

葵が横目でジロリと私を牽制《けんせい》する。

「それは……」

「わたしと組むことにしたのよ」

めぐみが割り込み、葵を睨み返した。

「や、やめろ」

「だって、本当のことでしょ？」

凶器はめぐみの手にあり、反論できない。

「あんたもすぐに裏切られるで」

葵が憐れむような目で、私を見た。

「もう……どうだっていい」

私はわざとヤケクソな口調で言った。今夜ですべてを失ったのだ。店も、我が娘さえも。

「じゃあ、さっそく裏切ろうかな」

めぐみが高らかに笑い、肉切り包丁を頭上にかかげた。

「危ない！」

私は、咄嗟に葵を突き飛ばした。めぐみの包丁が、葵の肩をギリギリかすめる。

本気で殺す気だ。

心臓が大きな手で握りつぶされたように痛くなる。恐怖で足がすくむが、何としても葵を守らなくてはならない。しかし、止めどなく流れ出す鼻血のせいで、まともに呼吸ができなかった。

「葵！　逃げろ！」

「一人で戦うの？」

「ここは俺が食い止める！」

「かっこいいじゃん。偽者のパパだったけどね」めぐみが肉切り包丁を振りかざし、ケタケタと笑った。

違う。俺は本物の父親だ。私は、最後の力を振り絞ってめぐみの前に立ちはだかった。立浪じゃない。父親の資格があるのはこの俺だ。

「葵！　早く逃げろ！」

「あかん……足くじいた」

「まぬけだね。二人仲良く、あの世に行っちゃってよ」

めぐみの肉切り包丁が、私の下腹に突き刺さった。

23

そんな……。自分のステーキ店で、自分の愛用の肉切り包丁で刺されるなんて、シャレにならない。

俺は死ぬのか？

傷口が焼けるように熱い。たぶん、内臓まで届いている。

「何、邪魔してんのよ！」

めぐみが叫び、肉切り包丁を私の腹から引き抜く。

ダメだ……力が入らない……。私は崩れ落ちるように倒れた。

「パパ！」

葵が、背後から私を抱きしめた。

「パパじゃないでしょうに」

めぐみが笑う。

「うるさいわ！」

咄嗟に出たとはいえ、嬉しい言葉だ。

葵……ゴメンよ……。せっかく用意した誕生日のケーキも意味がなくなった。鏡子にお願いして、有名店のイチゴのショートケーキを買ってもらったのに。

鏡子？　私の胸がざわついた。

めぐみと葵が必死になって探しているものは、このステーキハウスに隠されている。お宝と呼ばれるふざけたものだ。それが何かはわからない。立浪が残したものだから、途方もない価値があるものなのか。だが、それらしきものは、店にはなかった。隅々まで掃除をしていたからわかる。

「ケーキ……」

私は、葵の腕の中で呟いた。

「ケーキがどうしたん？」

「食べて……くれ……」

「たしかに、今日はウチの誕生日やけど」

「お願いだ……」

「美しい偽親子愛だね！」

めぐみが高らかに笑った。

「父親としての……気持ちを……込めた」

頼む、受け取ってくれ。

鏡子は、今夜の計画を知り、自分が殺される前に、ケーキの中に何かを隠したのではなかろうか。私は、ドクドクと血が溢れる腹を押さえながら確信した。

「葵ちゃんが食べないなら、私が貰おうかしら。甘いものが大好きだから」

めぐみの目が完全にイッてしまっている。ダメだ。この女にだけは、お宝を奪われたくはない。

「お前なんかに……」

「何？」

「わ……渡してたまるか……」

「渡す？」

めぐみが、眉をひそめる。

しまった……。意識が朦朧として、言い方を間違えた。

「何か怪しい。ケーキじゃないの？」

「ケ、ケーキ……だぞ」

「動揺してるし。調べてやる」

めぐみが、勝手に冷蔵庫を開けた。

「あ、本当にケーキだ。葵ちゃん、食べる？」

「いらん」

「じゃあ、ポイするね」

めぐみが、冷蔵庫から取り出したケーキを生ゴミの溜まったダストボックスに捨てた。グチャリと潰れた音が、私にも聞こえる。

ちくしょう……。これで、葵にケーキを渡せなくなった。どうすればいい？　生ゴミにまみれたケーキの中から隠されたお宝を取らなければならない。しかし、重傷を負った私には難しい。腹の傷口から溢れ出す血は、床にどんどん広がってくる。

「死んだらあかん！　救急車を呼ぶからしっかりして！」

葵が、私の耳元で叫ぶ。

「救急車はダメ」

めぐみが、冷たい声で言い放つ。

「なんでよ！」

「言わなくてもわかるでしょ？　これを見てみなさいよ」

床には、二体も死体があるのだ。

「うるさい！　ウチが電話する！」

「アンタも死にたいの？」

めぐみが、包丁を振りかざした。

「ケーキだ！」

私は、葵を助けるために、最後の力を振り絞って叫んだ。

「はあ？」

めぐみが、ポカンと口を開ける。

「ケーキを……見てくれ」

ダメだ。体が冷たくなってきた。眠い。でも、眠ったら、もう二度と戻ってこられない気がする。

「ケーキ？　だから、捨てたってば」

「ケーキの……中にある」

「はあ？　今はイチゴなんて食べたくないし」

めぐみが、狂ったように笑う。

「イチゴ……ではない」

「じゃあ、何なのよ！」

「お宝……」

「えっ？」

めぐみが、目を見開く。

「ケーキの中にお宝を隠してたん？」

葵が、私に訊いた。

「ああ……そうだ……」

私は、頷いた。

「……マジ？」

めぐみと葵が顔を見合わせた。

「ああ……たぶんな……」

「たぶん？」

めぐみが目を爛々《らんらん》と輝かせ、カウンターへと戻っていく。葵は、私を支えているので動くことはできない。

「わかったわよ……」

めぐみは、ダストボックスに手を突っ込み、舌打ちをした。

「臭い！」

ざまあみろ……ゴミ女め。

めぐみが、顔をしかめながら潰れたケーキを拾い上げ、カウンターの上に置いた。

「この中にあるなんて信じられないわ」

頼む。あってくれ。

めぐみが、ケーキの中にズボッと手を入れる。

「何もないんですけど」

めぐみが、乱暴にケーキを崩していく。

そんな……。私にとっては、これが最後の切り札なのに。

「葵……」

私は、後ろから支えてくれる娘に言った。マズい。目がかすんで視界がぼやけてきた。

「何？　パパ？」

葵も、優しい声で返してくれた。

「許してくれ……」

「うん。もうええよ」

「……本当か？」

「パパなりに頑張ってくれたもん。ウチこそ、パパを利用してゴメンな。でも、パパを殺す気がなかったのは信じて欲しいねん。立浪とあの女をやっつけて、二人でまた別の日に誕生日のお祝いをして欲しかった」

「葵……」

「ありがとう……」

私の頰を熱い涙が伝う。

「今まで育ててくれて、ありがとう。ウチのパパは一人だけやで」

ケーキを探っていためぐみが、ピタリと手を止めた。

「何かあったわ！」

ステーキハウスに緊張が走る。

薄れゆく意識の中、鏡子がケーキに何を隠していたのか、ぼんやりとわかりかけてきた。鏡子は、立浪の妻だ。あの女もまた怪物なのだ。

「何なん、それ？」

葵が、めぐみの手に握られているものを見て言った。

「巾着？」

めぐみが小さな袋のまわりに付いているクリームを払い落とす。

「その中に何が入ってるん？」

「急かさないで」

めぐみが緊張した面持ちで言った。

私は、ふと立浪の言葉を思い出した。

『裏切り者は許さない。どんな手を使っても借りは返す』

立浪は、幼い頃からそうやって生きてきた。奴はただではくたばらない。

「これが……お宝？」

めぐみが巾着袋の中から、取り出したもの……それは鍵だった。

「どこの鍵なん？」

葵が、私に訊いた。

その鍵には、見覚えがある。いつも、立浪が車の鍵と一緒にキーホルダーにかけていた。

「知って……いる」

私は、かすれて消え入りそうな声で言った。

「マジ？　教えなさいよ！」

めぐみが駆け寄り、私を激しく揺さぶった。

「ぐはっ……」

咳き込むと同時に吐血した。内臓が、焼けるほど熱い。

「やめてや！」

葵が叫び、めぐみに摑みかかる。

「うるさい！」

めぐみの平手が、葵の頬を打った。

終わらせる。こんな、狂った夜を……。裏切りは、あと一回でいい。

「そう……こ」

「えっ？　何？」

「港の倉庫の……鍵だ……」

嘘ではない。その倉庫にある冷蔵室で、このステーキハウスで使う肉を保管しているのだ。

「どこの港よ！」

めぐみの目が血走っている。彼女もとっくに正気を失っていた。

「芝浦……」

「その倉庫には行ったことがあるの？」

「立浪しか……行くことを……許され……なかった」

「ビンゴ！」

めぐみが手を叩き、立ち上がる。

「独り占めする気なん？」

葵がめぐみを睨みつけた。

「悪い？　あんたのママを犯した男への復讐は終わったでしょ？」

「ウチのことも殺すつもりなん？」

「あんたたち親子は死体の処理が残ってるでしょ。それとも、私と一緒に来る？」

短い沈黙のあと、葵が力強い声で答えた。

「パパとここに残る」

「あ、そう。じゃ、そうしなさいよ。私は隠しカメラを回収して、さっさと行くわ。さすがにこれを警察に見られたらマズイもんね」

めぐみはテキパキと隠しカメラを回収すると（ウイスキーのボトルの隙間と、壁のスピーカーの死角に仕掛けてあった）ポケットにしまい、鍵を握り締めて店を出て行った。

「葵……逃げろ」

「嫌や！」

葵は泣いていた。

「いいから……パパの言うことを聞け。パパが警察を呼ぶ」

「えっ？」

「この店は……強盗に襲われたと……パパが証言する」

「……なんで？」

「立浪は……たくさんの恨みを……かっている」

警察には、覆面をした五人組に突然襲われたと言うつもりだ。多少、白々しい証言だろうと、警察も立浪という疫病神が死んで喜ぶだろう。

「わかった」

葵が泣くのをやめ、立ち上がる。昔から、物わかりのいい賢い子だった。

「ありがとう……」

もう一度、お礼を言った。涙は見せない。父親として、娘を見送る。

「パパ、また会おうね。ディズニーランドに行きたい」

私は、深く頷いた。運が良ければ、この約束も守れるだろう。

葵が、下唇を嚙み締めながら店を出ていく。あの子だけは、幸せになって欲しい。きっといい女になってくれるだろう。

めぐみは、タクシーで芝浦の倉庫に向かっただろう。鍵に記されている番号を頼りに。

しかし、立浪が、わざわざ倉庫の位置がわかる鍵を残すわけがない。

鏡子はわかっていたのだ。自分がめぐみに裏切られて殺されるかもしれないことを。だから、ケーキに鍵を隠し、さも、お宝があるようにめぐみに伝えた。お宝なんてものは、最初からなかったのだ。めぐみの裏切りを察知した鏡子の制裁だ。

立浪夫婦は、裏切り者を許さない。たとえ、自分たちが死んだあとでも。

たぶん、爆薬か何かだ。めぐみが倉庫を開けた途端、爆発する仕掛けだろう。

私は、目を見開いたまま息絶えた立浪の横顔を見て呟いた。

「あんたの勝ちだよ」

ゆっくりとカウンターに座り、電話を手にとると、焼け焦げた肉の残骸がある鉄板を見つめる。

絶対に死んでたまるものか。救急車が来るまで耐え抜いてみせる。再び葵と会った時に、世界で一番美味しいステーキを焼いてあげるのだ。

私はポケットに手を入れて、小さく折りたたまれた二つのナプキンを取り出した。

ここに、立浪の真実の言葉が書かれてある。

ひとつ目の質問は「本当に奥さんを殺したのか？」で、それに対して立浪は「俺は鏡子を殺していない」と言った。

ナプキンを開くと、その通り書いてある。鏡子を殺したのはめぐみだからだ。

二つ目の質問は「この店にはお宝がある?」で、それに対して立浪は「金などない」と言った。

ゆっくりとナプキンを開き、そこに書かれてある文字を噛みしめるように読んだ。

『金はないが、宝はある。お前だ』

……。

もう一度、倒れている立浪を見た。死ぬ間際に私を見た顔を思い出した。

絶命している立浪に近づく。立浪は私のことを二流だと言った。その言葉は、私にとって最大の裏切りだった。

私が宝……。

リモコンを手に取り、止まっていたBGMをつけた。エリック・クラプトンの「ワンダフル・トゥナイト」がかかる。スピーカーから流れてくるエリック・クラプトンが、『僕が素敵な気分なのは、君の目に愛の光が見えるから』と歌っている。

今の私には、ぴったりの曲だ。

この作品は書き下ろしです。原稿枚数３０８枚（４００字詰め）。

裏《うら》切《ぎ》りのステーキハウス

木下半太《きのしたはんた》

平成26年10月10日　初版発行

発行人——石原正康
編集人——永島賞二
発行所——株式会社幻冬舎
〒151-0051東京都渋谷区千駄ケ谷4-9-7
電話　03(5411)6222(営業)
　　　03(5411)6211(編集)
振替00120-8-767643
印刷・製本—株式会社 光邦
装丁者——高橋雅之

幻冬舎文庫

ISBN978-4-344-42260-5　C0193　き-21-14

幻冬舎ホームページアドレス　http://www.gentosha.co.jp/
この本に関するご意見・ご感想をメールでお寄せいただく場合は、
comment@gentosha.co.jpまで。